林语堂

著

人生的态度

湖南文艺出版社
HUNAN LITERATURE AND ART PUBLISHING HOUSE

博集天卷
CS·BOOKY

LIN YU TANG SAN WEN JI volume I By Lin Yutang
This edition arranged with Curtis Brown Group Ltd.
through Andrew Nurnberg Associates International Limited

著作权合同登记号：图字 18-2019-249

图书在版编目（CIP）数据

人生的态度 / 林语堂著 . -- 长沙：湖南文艺出版社，2019.11
ISBN 978-7-5404-9417-9

Ⅰ. ①人… Ⅱ. ①林… Ⅲ. ①散文集 – 中国 – 现代
Ⅳ. ①I266

中国版本图书馆 CIP 数据核字（2019）第 188570 号

上架建议：名家经典·文学

RENSHENG DE TAIDU
人生的态度

作　　者：林语堂
出 版 人：曾赛丰
责任编辑：薛　健　刘诗哲
监　　制：蔡明菲　邢越超
策划编辑：王　维
特约编辑：李美怡
版权支持：辛　艳
营销支持：傅婷婷　文刀刀　周　茜
装帧设计：利　锐
出　　版：湖南文艺出版社
　　　　　（长沙市雨花区东二环一段 508 号　邮编：410014）
网　　址：www.hnwy.net
印　　刷：三河市兴博印务有限公司
经　　销：新华书店
开　　本：880mm × 1200mm　1/32
字　　数：150 千字
印　　张：7.5
版　　次：2019 年 11 月第 1 版
印　　次：2019 年 11 月第 1 次印刷
书　　号：ISBN 978-7-5404-9417-9
定　　价：48.00 元

若有质量问题，请致电质量监督电话：010-59096394
团购电话：010-59320018

目录

谈做人

谈生活

谈兴致

谈文化

|谈 做 人|

假定我是土匪

　　这个题目太好了，越想越有趣，假定教师肯出这种题目，必定触起学生的灵机，不怕没有清俊的文章可读。也许很多人未曾想到这种题目，但于我，一想起，却是爱不忍舍。若加以唯物史观的辩证法而分析之，我想也可客观的发见此文之"社会意识"。现代的社会，谋生是这样的不易，失业是这样的普遍，而做土匪的将来又是这样伟大，怎禁得人不涉及这种遐想？假定一人生当今日，有过人的聪明机智，又能带点屠狗户骨气，若刘邦、樊哙之流，而肯屈身去做土匪，我可担保他飞黄腾达，荣宗显祖，到了晚年，还可以维持风化，提倡文言，收藏善本，翻印佛经，介绍花柳医生。时运不剂，尚可退居大连，享尽朱门华贵，嫔婢环列之艳福。命运亨通，还可以媲美曹锟、李彦青，身居宫殿，生时博得列名"中国名人传"之荣耀，死后博得一张皇皇赫赫的讣闻。

　　自然，我有自知之明，自觉不配做土匪的。不但不会杀过一条人命，而且根本就缺乏做匪首的资格。做个匪首，并不容易，第一便须轻财仗义、豪侠好交，能结纳天下英雄、江湖豪杰，这是我断断做不来的。做土匪的领袖，与做公司或社会的领袖一样，须有领袖之身分、手段、能干、灵敏、阴险、泼辣、无赖、圆通、是非不要辨得太明、主义不要守得太板……这是据我的观察，一切的领袖所共有而我所决无的美德。但是假定上天赋与我这样一个性格，我可以指出一条成功的途径，包管博得一个社会模范人物的美名，骗得那里公园的一块石像，将见时谣曰"生子当如×××（即匪首之爷）"，为众人所羡慕不置。

第一件，便是习书法。我想要自一个土匪做到显祖荣宗的模范人物，有两个必要的条件：学得一手好书法，而又能拟得体动人的通电。后者总有办法，可以六十圆一月雇一位举人代拟，题签联对则不好意思叫人代题。至少我个人是不好意思这样的，书法是半世的事业，学习要早。所以在我做乡村土匪时期，就得练习书法。到了我夺了几个城，掠了一州府，自然有许多人来请我题匾额写对联了。这时就要见出你的高下，而见出你是一个暴虎凭河的莽汉，或是一个读过圣贤书的雅人。你有一手好字，便可以结交当地士绅，而不愧为一位右文的山皇帝。

有了一手好书法及雇一位善拟通电的书记（最好是骈四俪六一派的），我就要去攻一小商埠，如厦门、烟台之类。这大概需五百名精兵。其时只消一百五十名精兵，余三百五十名，什么流氓、丘八、鸦片烟鬼都可以。我是有所据而云然，因

为我曾亲见 ×× 与厦门海军争夺厦门的一幕喜剧。也许三十名敢死队半夜发作就可以把厦门、烟台据为已有。（满兵三十万取得大中华，日本二师兵取得沈阳，依此比例，这个算法是不错的。）"剧战"一概二小时，伤了三条狗，两只鸡，也就完了。所以一面开战，一面通电、告示，就得于前晚拟好，一拍即出。通电所以对外，告示所以安民。告示中的话，不外"我爱老百姓，我爱老百姓，我最爱老百姓"。但是对于废除苛捐杂税一层，却可暂缓不提。同时可加一句："我恨外国人，我恨帝国主义，我反对经济侵略。"然后请一位大学二年级的学生，善操 "Good morning-good afternoon-thank you-excuse me" 一派的英语者，同他坐个汽车遍访外国领事，表示对于保全外人生命财产绝对负责。在通电中，这一类"保护外侨生命财产"的话，又必重叠申明。但是对于保护国人生命财产一层，可以暂缓不提。外国领事必定握手亲自送至门口，回头想着，我就是袁世凯第二。我已认清我的政治前途，要建设在忍辱负重国际亲善的基础之上。

从乡匪时期达到省匪时期，我估算大约须三年。这三年中是我养精蓄锐时期，书法愈雄健，外宾愈和洽，声誉日隆，匪僚日畏，大家说我有"大志"。因为我既然是匪，不得不为物质环境及阶级意识所决定，为自卫计，军队总嫌不足，器械总嫌不精，养兵无钱不行也。我必须以建设为名，改造全城、修桥、造路、筑码头、换门牌，立了种种名目。这样我三年内便可发三百万的财，如果励精图治，再加喜轿捐、棺材捐、猪子捐，也许以二年为期便可达到目的。大约筑一段路，每丈有六十圆的好处，所以路越长越好。如果小商埠没有几里路的公路好筑，那末筑得坏一点，每年又有一笔重修公路费的收入。"重修"二字甚雅，古人称来是一种功德，今人说来是一种建设。这样无形中我已成了一模范土匪，有口皆碑，西洋记者参观，莫不交口赞叹，称我"开通""进步"，兼且囊中已有三百万家私，在公在私，都说得过去，对得住国民，对得住祖上，实为德高。

这三百万圆到手，天下事何不可为？只消代付了三个月欠饷，中国任何海军，我收买得来，成本虽略大，利益亦不薄。这时人又更加精明，宦途更加练达，什么东西可以骗过老爷眼里（这时自然是老爷）。用明察秋毫的眼光，我可有一批开源节流的新发见。譬如猪槽、马鞯、尿壶、粪桶，不都可以捐起来吗？这时总不免有一两位极精宦途的幕僚来依附我，坐下开口便是感慨的说："你看这××一县的猪槽，最少也有一万五千个，十县就是十五万猪槽……数目很可观啊！数目很可观啊！"这种感慨一多，不要二年飞机也到手了。这时我便是模范省区之模范军人。这时料想书法更加到家，我就要提倡文言，维持圣教，禁止放胸，捕捉剪发姑娘，……而关心风化。姨太太大约也有三四房，所以女子游公园之事，非常碍目，而加以禁止。谈吐中也自风雅一点，什么"勉为其难""锋芒太露""宁缺毋滥""民膏民脂""治标治本"等成语，也已说得流利娴熟。案上常置一部《辞源》。

大概此时，中国必有内战。于是我交红运了。一跃可由偏安的省匪而变为国人所常注意报章所常登载的国匪了。大约三四次倒戈，还不太过，过多即为盛名之累。依现在行价，一次倒戈（现在倒戈叫做"输诚"）总有一百到一百五十万收入。只消三四次输诚离叛，在经济上，已是汇丰银行存款五百万之阔户，在地位上，也是国中第三四流的名阀。鼻子一哼，就可以叫人三魂荡荡、七魄悠悠。这样下去，到六七十岁，前途曷可限量。

那时我颇具有爱国爱世之心，阅历既久，心气自较和平。那里演讲，总是劝人种善根，劝人修福德，发见涵养、和平、退让为东方精神之美德，而宣扬国光。闲时还可以来几种雅好，在我必以收藏宋版书为第一快事，那时我可请一位书记（就是那位代拟通电的举人，这时他也有子女盈门，并有三五万家私了）替我作一部《中庸集注》，或一本《庄子正义》，用我的名出版。这样下去，若不得法国政府颁给勋章，或是莫梭里尼旌赏我宣扬东方文化之精神，老爷不姓林。

（《论语》第 44 期，1934 年 7 月 1 日）

狂论

我尊狂，尊狂即所以尊孔，尊孔即所以贬儒，使乡愿德贼无所存乎天地之间。何为而发此感慨？乃因今晨读西报载郭泰祺在国际联盟议会演讲，谓今日东三省，时见焚飞机场抢掠火车消息，实皆中国之爱国者之所为，用此游击战争，与日本永远抵抗，非直至最后光复，决不干休。此语亦奇矣。然郭氏有言曰："是与世界不知失败为何物之运动同属一派。"（It is in line with the fine tradition of causes that never conceived themselves hopeless.）壮哉斯言！然吾亦心为之动。盖以英文说此语，则听者悲壮，以中文说此语，则人人嗤笑。盖此种字面已被滥污政客奸污，所谓西子蒙不洁也。西子既蒙不洁，则人掩鼻而过，亦是常情，嗤笑我亦加入其中。然就此嗤笑中，已可断定中国将亡之症，盖表示已不相信中国谁复能狂者也。而实际上今日中国之能狂者，若江民声已不能维持饭碗。是中国之狂者理该一切倒霉溃灭，而啖饭遗矢之辈则走红运。

此种国家，此种社会，尚能说是健全的社会国家乎？

　　尊狂即所以尊孔，盖狂者为孔子所思念。此种道理，今日儒者已不讲了。请将《孟子·尽心》章中全段抄下，以明孔子思狂及狂即进取精神之义，而恢复孔子真面目。

　　　　万章问曰："孔子在陈曰：'盍归乎来！吾党之士狂简进取，不忘其初。'孔子在陈，何思鲁之狂士？"

　　　　孟子曰："孔子不得中道而与之，必也狂狷乎？狂者进取，狷者有所不为也。孔子岂不欲中道哉？不可必得，故思其次也。"

　　　　"敢问何如，斯可谓狂矣？"

　　　　曰："如琴张，曾皙，牧皮者，孔子之所谓狂矣。"

　　　　"何以谓之狂也？"

　　　　曰："其志嘐嘐然，曰：'古之人，古之人。'夷考其行，而不掩焉者也。狂者又不可得，欲得不屑不洁之士而与之，是狷也，是又其次也。孔子曰：'过我门而不入我室，我不憾焉者，其惟乡愿乎？'乡愿，德之贼也。"

　　　　曰："何如斯可谓之乡愿矣？"

　　　　曰："何以是嘐嘐也？言不顾行，行不顾言。则曰：'古之人，古之人。'行何为踽踽凉凉？生斯世也，为斯世也，善斯可矣！阉然媚于世者也。是乡愿也。"

　　　　万子曰："一乡皆称原人焉，无所往而不为原人。孔子以为德之贼，何哉？"

　　曰:"非之无举也,刺之无刺也。同乎流俗,合乎污世。居之似忠信,行之似廉洁,众皆悦之。自以为是,而不可与入尧舜之道,故曰'德之贼也'。孔子曰:'恶似而非者,恶莠,恐其乱苗也;恶佞,恐其乱义也;恶利口,恐其乱信也;恶郑声,恐其乱乐也;恶紫,恐其乱朱也;恶乡愿,恐其乱德也。君子反经而已矣。经正则庶民兴;庶民兴,斯无邪慝矣。'"

　　全章话头如此。此中见出四种人。第一,是得中道之士。第二,是孔子所思念之狂士,即不忘其初,有进取之心,有志而不掩其行者。第三,是无大志而能守身自洁之狷者,尚不讨厌。最下流的是似是而非,同流合污,而取媚于世,讨人喜欢(众皆悦之)的乡愿君子,此即吾所谓第四种人。人言士风日下,实非确论。孟子时,必是乡愿德贼已满天下,故痛斥之若此。孔子对此一班人是如何痛恨,其曰"过我门而不入我室,我无憾焉",是如何幽默口气!是孔子深恶痛绝当地乡绅不愿与往来甚明。当地乡绅孺悲欲见孔子,既"辞以疾",复"取瑟而歌,使之闻之",夫岂但"不憾"其不来而已,是直头欲给他过不去,使不敢再来投刺求见也。乃今日言儒道者,偏是此第四种人。彼辈自居于一等,黜狷者于二等,复黜狂者于三等,噫亦奇矣!

　　夫狂生是何如人而孔子思之若此?孟子已经举琴张、曾皙、牧皮为例。此三子是何如人?牧皮无考。子张"相视莫逆"之友子桑病殁,子张临其丧而歌,事见《庄子》。季武子死,曾皙倚其门而歌，事见《檀弓》。是与阮籍母丧不撤酒席何异？此种人而可思，何种人不可思？而孔子竟思之。何宋儒唾詈阮籍若是之甚，而孔子思子张若是之深？亦以此种人尚有"真"字，不忘其初，不掩其行，嘐嘐然有大志，未变成城狐社鼠也。《孔子家语》载孔子重丧（"衰绖"）赴宴，然则孔子亦世俗瞠目结舌所斥为狂生，岂斤斤守礼法之徒哉？至少孔子是行中道，而中道固包括狂狷两面，然则孔子不但思念琴张、曾皙一辈人，且不得中道时，并可思念阮籍无疑矣。

中国第四种人（乡愿）实在太多，而狂生实在太少。此中自有深理。由上章"媚"字"悦"字可以看出。德贼可以"媚于世"，出天下人皆欲作德贼以谋饭碗；德贼可得"众人悦之"，"一乡皆称之"，则天下人皆仰慕之，思效之，且思为德贼而恐不可得。脸皮既厚，则"非之无举""刺之无刺"，是梁任公所骂为"但求目前数年无事，至一瞑之后，虽天翻地覆，非所问也"之徒。惟狂生则国人皆深恶而痛绝之，使之无所藏身乎天地之间，而乡愿德贼始可踏雪赋诗扬眉吐气也。大家说，中国人太乏进取精神，然中国人谁容得下狂简进取者？一二仗义勇为，好管闲事之徒，在家则驱逐之于市井，在国则逼迫之入江湖。此江湖豪侠所以多义气人。义气人入江湖入绿林，是义气人为社会所不容之明证。及中国之义气人皆入绿林，皆上梁山，社会所余剩者为昏昏庸庸奄奄无气息之德贼君子，然后欣羡之，景慕之，编为戏剧而扮演之，著为小说而形容之。于是武侠小说大盛行于德贼之社会，人人在武侠小说中重求顺民社会中所不易见之仗义豪杰，于想象中觅现实生活所看不到之豪情慷慨。此种心理，正与美国怨女（old maids）最好读 Elinor Glynn 香艳小说相同，宜乎武侠小说之盛行也。然吾好豪杰则诚好矣，惟决不愿豪杰之出于吾家中，做孽种的遗祸家族也。此狂士之所以少也。

此非吾一人之论。在《说浪漫》篇（《人间世》第十期）已引屠赤水之《庸奇论》而发挥之。今且复引梁任公及袁中郎先贤之语以证吾说。梁任公于《中国魂》末篇《论进取精神》已指出中国无进取精神之病源。《中国魂》一股冲天奇气，今已不大容易望见。故亦全引一段：

　　危乎，微哉！吾中国人无进取冒险之性质，自昔已然。曰"知足不辱，知止不殆"，曰"知白守黑，知雄守雌"，曰"不为物先，不为物后"，曰"未尝先人，而常随人"。此老氏谰言，不待论矣。而所称颂法孔子者，又往往遗其大体，撷其偏言，取其"狷"主义，而弃其"狂"主义；取其"勿"主义，而弃其"为"主义；取其"坤"主义，而弃其"乾"主义；取其"命"主义，而弃其"力"主义。其所称道者，曰"乐则行之，忧则违之"也，曰"无多言，多言多患，无多事，多事多败"也，曰"危邦不入，乱邦不居"也，曰"孝子不登高不临深"也。夫此诸义，亦何尝非孔门所传述，然言非一论，义各有当，孔子曷尝以此义律天下哉！而末俗承流，取便利己，遂蒙老马以孔皮，易尼鄁以莃苣，于是进取冒险之精神，澌灭以尽。试观一部十七史之列传，求所谓哥伦布、立温斯敦者，有诸乎？曰，无有也。求所谓马丁路得、林肯者，有诸乎？曰无有也。求所谓如克林威尔、华盛顿者，有诸乎？曰无有也。即有一二，则将为一世之所戮辱而非笑者也。不曰"好大喜功"，则曰"忘身及亲"。积之数千年，浸之亿万辈，而霸者复阳芟之而阴锄之，务使一国之人，鬼脉阴阴，病质奄奄，女性纤纤，暮色沉沉。呜呼！一国之大，有女德而无男德，有病者而无健者，有暮气而无朝气，甚者乃至有鬼道而无人道。恫哉！恫哉！吾不知国之何以立也！君梦如何？我忧孔多，抚弦慷慨，为少年进步之歌……

中国男子皆有好妇德，是梁任公之名言，记之记之。然则大家鬼脉阴阴病质奄奄卧在床上读《水浒》，赞李逵，不亦良有以乎？

呜呼，吾欲无再多言。惟以袁中郎狂论（《与张幼于书》）抄录完此篇。

仆往赠幼于诗有"誉起是颠狂"句，"颠狂"二字甚好，不知幼于亦以为病！夫仆非真知幼于之颠狂，不过因古人有"不颠不狂，其名不彰"之语，故以此相赞。如今人送富贾，则曰"侠"，送知县则曰"河阳"，"彭泽"，此套语也。夫"颠狂"二字，岂可轻易奉承人者？狂为仲尼所思，狂无论矣。若颠，在古人中亦不易得，求之释，有普化焉。……求之玄，有周颠焉，昔高帝所敬礼者也。……求之儒，有米颠焉。米颠拜石，呼为丈人，与蔡京书中画一船，其颠尤可笑。……不肖恨幼于不颠狂耳。若实颠狂，将北面事之，岂直与幼于为友哉？

实则周颠米颠，是否真颠，皆有问题。吾恐周颠米颠正笑世人皆颠耳。惟笑人以周颠米颠为颠，而以口诵孔佛之言，身行盗跖之行，造洋楼，买汽车，醉生梦死唉饭遗矢卖友事仇显祖荣宗者为不颠，而全国乃似颠人国，似颠人院，颠之倒之，伊于胡底。

（《论语》第 50 期，1934 年 10 月 1 日）

做文与做人

——1934 年 12 月 27 日在暨南大学演讲

一、做文可，做人亦可，做文人不可

　　向来在中国文人之地位很高，但是高的都是死后，在生前并不高到怎样。我们有句老话，叫做"诗穷而后工"，好像不穷不能做诗人。辜鸿铭潦倒以终世，我们看见他死了，所以大家说他是好人，而与以相当的同情，但是辜鸿铭倘尚活着，则非挨我们笑骂不可。我们此刻开口苏东坡，闭口白居易，但是苏东坡生时是要贬流黄州，大家好像好意迫他穷，成就他一个文人。死后尚且一时诗文在禁。白居易生时，妻子就看不大起他，知音者只有元稹、邓鲂、唐衢几人。所以文人向例是偃蹇不遂的。偶尔生活较安适，也是一桩罪过。所以文人实在没有什么做头。我劝诸位，能做军阀为上策，亡了国还有文人代负责；其次做官，成本轻，利息厚；再其次，入商，卖煤也好，贩酒也好。若真没事可做，才来做文章。

二、文人与穷

我反对这文人应穷的遗说。第一，文人穷了，每好卖弄其穷，一如其穷已极，故其文亦已工，接着来的就是一些什么浪漫派、名士派、号啕派、怨天派。第二，为什么别人可以生活舒适，文人便不可生活舒适？颜渊在陋巷固然不改其忧，然而颜渊居富第也未必便成坏蛋。第三，文人穷了，于他实在没有什么好处，在他人看来很美，死后读其传略，很有诗意，在生前断炊却没有什么诗意。这犹如我不主张红颜薄命，与其红颜而薄命，不如厚福而不红颜。在故事中讲来非常缠绵凄恻，身历其境，却不甚妙。我主张文人也应跟常人一样，故不主张文人应特别穷之说。这文人与常人两样的基本观念是错误的，其流祸甚广，下当详述。这是应当纠正的。

我们想起文人，总是一副穷极形相。为什么这样呢？这可分出好与不好两面来说。第一，文人不大安分守己，好评是非。人生在世，应当马马虎虎，糊糊涂涂，才会腾达，才有福气，文人每每是非辨得太明，泾渭分得太清。黛玉最大的罪过，就是她太聪明。所以红颜每多薄命，文人亦多薄命。文人遇有不合，则远引高蹈，扬袂而去，不能同流合污下去。这是聪明所致。二则，文人多半是书呆，不治生产，不通世故，尤不肯屈身事仇、卖友求荣，所以偃蹇是文人自召的。然而这都还是文人之好处。尚有不大好处，就是文人似女人。第一，文人薄命与红颜薄命相同，我已说过。第二，文人好相轻，与女子互相评头品足相同。世上没有在女人目中十全的美人，一个美人走出来，女性总是评她，不是鼻子太扁，便是嘴太宽，否则牙齿不齐，再不然便是或太长或太短，或太活泼，或太沉默。文人相轻也是此种女子入宫见妒的心理。军阀不来骂文人，早有文人自相骂。一个文人出一本书，便有另一文人处心积虑来指摘。你想他为什么出来指摘，就是要献媚，说你皮肤不嫩，我姓张的比你嫩白，你眉毛太粗，我姓李的眉毛比你秀丽。于是白话派骂文言派，文言派骂白话派，民族文学派骂普罗，普罗骂第三种人，大家争营对垒，成群结党，一枪一矛，街头巷尾，报上屁股，互相臭骂，叫武人看见开心，等于妓院打出全武行，叫路人看热闹。文人不敢骂武人，所以自相骂以出气，这与向来妓女骂妓女，因为不敢骂嫖客一样道理。原其心理，都是大家要取媚于世。第三，妓女可以叫条子，文人亦可以叫条子。今朝事秦，明朝事楚，事秦事楚皆不得，则于心不安。武人一月出八十块钱，你便可以大挥如椽之笔为之效劳。三国时候，陈孔璋投袁绍，做起文章骂曹操为豺狼，后来投到曹家，做起檄来，骂袁绍为虺虺。文人地位到此已经丧尽，比妓女不相上下，自然叫人看不起。

三、所谓名士派与激昂派

我主张文人亦应规规矩矩做人，所以文人种种恶习，若寒，若懒，若借钱不还，我都不赞成。好像古来文人就有一些特别坏脾气，特别颓唐，特别放浪，特别傲慢，特别矜夸。因为向来有寒士之名，所以寒士二字甚有诗意，以寒穷傲人，不然便是文人应懒，什么"生性疏慵"，听来甚好，所以想做文人的人，未学为文，先学疏懒。（毛病在中国文字，"慵""疴"诸字太风雅了。）再不然便是傲慢，名士好骂人，所以我来骂人，也可成为名士。诸如此类，不一而足。这都不是好习气。这里大略也可分为二派：一名士派，二激昂派。名士派是旧的，激昂派是新的。大概因为文人一身傲骨，自命太高，把做文与做人两事分开，又把孔夫子的道理倒裁，不是行有余力，则以学文，而是既然能文，便可不顾细行。做了两首诗，便自命为诗人，写了两篇文，便自诩为名士。在他自己的心目中，他已不是常人了，他是一个文豪，而且是了不得的文豪，可以不做常人。于是人家剃头，他便留长发；人家纽纽扣，他便开胸膛；人家应该勤谨，他应该疏懒；人家应该守礼，他应该傲慢。这样才成一个名士。自号名士，自号狂生，自号才子，都是这一类人。这样不真在思想上用工夫，在写作上求进步，专学上文人的恶习气，文字怎样好，也无甚足取。况且在真名士，一身潇洒不羁，开口骂人而有天才，是多少可以原谅，虽然我认为真可不必。而在无才的文人，学上这种恶习，只令人作呕。要知道诗人常狂醉，但是狂醉不定是诗人，才子常风流，但是风流未必就是才子。李白可以散发泛扁舟，但是散发者未必便是李白。中外名士每每有此种习气，像王尔德一派便是以大红背心炫人的，劳伦斯也主张男人穿红裤子。红背心、红裤子原来都是一种愤世嫉俗的表示，但是我想这都可以不必。文人所以常被人轻视，就是这样装疯，或衣履不整，或约会不照时刻，或办事不认真。但健全的才子，不必靠这些阴阳怪气作点缀。好像头一不剃，诗就会好。胡须生虱子，就自号为王安石，夜夜御女人，就自命为纪晓岚。为什么你本来是一个好好有礼的人，一旦写两篇文章，出一本文集，就可以对人无礼？为什么你是规规矩矩的子弟，一旦做文人，就可以诽谤长上，这是什么道理？这种地方，小有才的人尤应谨慎。说来说去，都是空架子，一揭穿不值半文钱。其缘由不是他才比人高，实是神经不健全，未受教训，易发脾气。一般也是因为小有才的人，写了两篇诗文，自以为不朽杰作，吟哦自得，"一事惬当，一句清巧，神厉九霄，志凌千载，自吟自赏，不觉更有旁人"。彼辈若能对自己幽默一下，便不会发这神经病。

名士派是旧的，激昂派是新的。这并不是说古昔名士不激昂，是说现代小作家有一特别坏脾气，动辄不是人家得罪他，便是他得罪人家，而由他看来，大半是人家得罪他；再不然，便是他欺侮人家，或人家欺侮他，而由他看来，大半是人家欺侮他。欺侮是文言，白话叫做压迫。牛毛大一件事，便呼天喊地，叫爷叫娘，因为人家无意中得罪他，于是社会是罪恶的，于是中国非亡不可。这也是与名士派一样神经不健全，将来吃苦的，不是万恶的社会，也不是将亡的中国，而是这位激昂派的诗人自身。你想这样到处骂人的人，就是文字十分优美，有谁敢用，所以常要弄到失业，然后怨天尤人，诅咒社会。这种人跳下黄浦，也于社会无损。这种人跳下黄浦叫做不幸，拉他起来，叫做罪过。这是"不幸"与"罪过"之不同。毛病在于没受教育，所谓教育，不是说读书，因为他们书读得不少，是说学做人的道理。

所以新青年常患此种毛病，一因在新旧交流青黄不接之时，青年侮视家长侮视师傅以为常，没有家教，又没有师教，于是独往独来，天地之间，惟我一人，通常人情世故之 ABC 尚且不懂。我可举一极平常的例，有一青年住在一老年作家的楼下，这位老作家不但让他住，还每月给他二十块钱用，后来青年再要向老作家要钱，认为不平等。他说你每月进款有三百圆，为什么只给我二十圆。于是他咒骂老作家压迫他，甚至做文章骂他，这文章就叫做激昂派的文章。又有一名流到上海，有一青年约去见他，这位名流从二时半等到五时，不见他来，五时半接到一封大骂他的信，讥他失约。这也是激昂派的文章。这都是我朋友亲历的事，我个人也常有相同的经验，有的因为投稿不登出来，所以认为我没有人格，欺侮无名作者，所以中国必亡。这习惯要不得的，将来只有贻害自己。大概今日吃苦的商店学徒礼貌都在大中学生之上，人情事理也比青年作家通达。所以我如果有甚么机关，还是敢用商店学徒，而不敢用激昂派青年。一个人在世上总得学学做人的道理。以上我说这是因为现代青年在家不敬长上失了家教，另一理由便是所谓现代文学的浪漫潮流，情感都是怒放的，而且印刷便利，刊物增加，于是你也是作家，我也是作家，而且文学都是愤慨，结果把人人都骂倒了，只有剩他一人在负救国之责任，一人国救不了，责任太重，所以言行中也不时露出愤慨之情调，这也是无可奈何的，就是所谓乱世之音，并不是说青年一愤慨，世就会乱起来，是说世已乱了，所以难免有哀怨之音。大概何时中国飞机打到东京去，中国战舰猛轰伦敦之时，大家也就有了盛世之风，不至处处互相轻鄙互相对骂出气了。

四、唯美派

其次，有所谓唯美派，就是所谓为艺术而艺术。这唯美派是假的，所以我不把他算为真正一派。西洋穿红背心红裤子之文人，便属此类。我看不出为艺术而艺术有什么道理，虽然也不与主张为人生而艺术的人意见相同，不主张唯有宣传主义的文学，才是文学。

世人常说有两种艺术，一为为艺术而艺术，一为为人生而艺术；我却以为只有这两种，一为为艺术而艺术，一为为饭碗而艺术。不管你存意为人生不为人生，艺术总跳不出人生的。文学凡是真的，都是反映人生，以人生为题材。要紧是成艺术不成艺术，成文学不成文学。要紧不是阿 Q 时代过去未过去，而是阿 Q 写得活灵活现不，写得活灵活现，就是反映人生。《金瓶梅》你说是淫书，但是《金瓶梅》写得逼真，所以自然而然能反映晚明时代的市井无赖及土豪劣绅，先别说他是讽刺非讽刺，但先能入你的心，而成一种力量。白居易是为人生而文学者，他看不起嘲风雪、弄花草的诗文，他自评自己的诗，以讽谕诗及闲适诗为上，且不满意于世俗之赏识他的杂律诗，长恨歌。讽谕诗，你说是为人生而艺术是好的，但是他的闲适诗，你以为是消沉放逸，但何尝不是怡养性情有关人生之作？哀思为人生之一部，怡乐亦人生之一部。白居易只有讽谕诗，没有闲适诗，就不成其为白居易。要紧是白居易做得出好诗，诗做不好，在诗中加几句奥伏赫变，打倒，起来，杀，杀，杀的喊声，也是无用。

因为凡文学都反映人生，所以若是真艺术都可以说是反映人生，虽然并不一定呐喊。所以只有真艺术与假艺术之别，就是为艺术而艺术，及为饭碗而艺术。比方照相，有人为照相而照相，有人是为饭碗而照相。为照相而照相是素人，是真得照相之趣；为饭碗而照相是照相家，是照他人的老婆的相来养自己的老婆。文人走上这路，就未免常要为饭碗而文学，而结果口不从心，只有产生假文学。今天吃甲派的饭就骂乙派，明天吃乙派的饭就骂甲派，这叫做想做文人，而不想做人，就是走上陈孔璋之路，也是走上文妓之路。这样的文人，无论你如何开口救国，闭口大众，面孔如何庄严，笔下如何耻恶幽默，必使文风日趋于卑下，在救国之喊声中，自己已暴露亡国奴之穷相出来。文风卑鄙，文风虚伪，这是真正亡国之音。

五、我看人行径，不看人文章

因为有这种种假文学，所以我近来不看人文章，只看人的行径。这样把道德与文章混为一谈，似乎不合理。但是此中有个分别。创作的文学，只以文学之高下为标准，但是理论的文学，却要看其人能不能言顾其行。我很看不起阮大铖之为人，但是仍可以喜欢他的《燕子笺》。这等于说比如我的厨子与人通奸，而他做的点心仍然可以很好吃。一人能出一部小说杰作，即使其人无甚足取，我还是要看。但是在讲理与批评满口道学的文章，就不同，其人不足论，则其文不足观。这就是所谓载道文章最大的危险。一人若不先在品格上、修养上下工夫，就会在文章上暴露其卑劣的品性。现代文人最好骂政客无廉耻，自己就得有廉耻，最近看见报上载，刘湘到南京请款，就有记者做一篇文章骂刘湘，开列一张清单，明明白白说他在四川重重叠叠苛捐什税的收入有几百万，不应再向政府要款。这似是理直气壮，忧国忧民的上乘载道文章。但是听说，结果刘湘答允每月给二百圆津贴，这记者连一个屁也不放了？这是所谓为饭碗而文学。如果真有所谓力足以亡国的文学，这便是亡国的文学。前几年福建有地方政府勒收烟苗捐，报上文章大家挥毫痛骂烟毒，说鸦片可以亡国灭种，后来一家报馆每月领了七十五圆，大家就鸦雀无声。这样鼓吹礼义廉耻是鼓吹不来的。舆论的地位是高于政界，开口骂人亦甚痛快，但是政客一月七十五圆就可以把你封嘴，也不见得清高到怎样地步。文人自己鲜廉寡耻，怎么配来讥讽政府鲜廉寡耻。你骂政客官僚投机，也得照照自己的脸孔是不是投机。你骂政府贪污，自己就不要克扣稿费，不要取津贴。将来中国得救，还是从各人身体力行自修其身救出来的，你骂官僚植党营私，就得看你自己是不是狐群狗党。你骂资本主义，自己应会吃苦，不要势利，做骗子。你骂他人读古书，自己不要教古文，偷看古书。你骂吴稚晖、蔡元培、胡适之老朽，你自己也得打算有吴稚晖、蔡元培、胡适之的地位，能不能这样操持。你骂袁中郎消沉，你也得自己照照镜子，做个京官，能不能像袁中郎之廉洁自守，兴利除弊。不然天下的人被你骂完了，只剩你一个人，那岂不是可悲的现象？

六、文字不好无妨，人不可不做好

这样说来，文人还做得么？所以我向来不劝人做文人，只要做人便是。颜之推家训中说过："但成学士，亦足为人，必乏天才，勿强操笔。"你们要明白，不做文人，还可以做人，一做文人，做人就不甚容易。如果不做文人，而可以做人，也算不愧父母之养育师傅之教训。子夏所谓贤贤易色，事父母能竭其力，事君能致其身，与朋友交，言而有信，虽曰未学，吾必谓之学矣。孔子所谓行有余力，则以学文。可见行字重要在文字之上。文做不好有什么要紧？人却不可不做好。

　　我想行字是第一，文字在其次。行如吃饭，文如吃点心。单吃点心，不吃饭是不行的。现代人的毛病就是把点心当饭吃，文章非常庄重，而行为非常幽默。中国的幽默大家不是苏东坡，不是袁中郎，不是东方朔，而是一切把国事当儿戏，把官厅当家祠，依违两可，昏昏冥冥，生子生孙，度此一生的人。中国的幽默文学，不在《论语》专篇，而在《论语》的古香斋及《论语》的半月要闻。大家行为上非常幽默，文章上非常严肃，做出事来是魏忠贤、李林甫之流；写出文章来是骂孔孟而媲尧舜。我主张应当反过来，做人应该规矩一点，而行文不妨放逸些。你能一天苦干，能认真办铁路，叫火车开准时刻，或认真办小学，叫学生得实益，到了晚上看看《论语》，国不会亡的，就是看梅兰芳、杨小楼，甚至到跳舞场，拥舞女，国也不会亡。文学不应该过于严肃枯燥，过于严肃无味，人家就看不下去。因为文学像点心，不妨精雅一点、技巧一点。做人道理却应该认清。

　　但是在下还有一句话。我劝诸位不要做文人，因为做文人非遭同行臭骂不可，但是有人性好文学，总要捉弄文墨。既做文人，而不预备成为文妓，就只有一道：就是带一点丈夫气，说自己胸中的话，不要取媚于世，这样身分自会高。要有点胆量，独抒己见，不随波逐流，就是文人的身分。所言是真知灼见的话，所见是高人一等之理，所写是优美动人的文，独往独来，存真保诚，有气骨，有识见，有操守，这样的文人是做得的。袁中郎说得好："物之传者必以质（质就是诚实，不空疏，有自己的见地，这是由思与学练来的）。文之不传，非不工也，质不至也。树之不实，非无花叶也。人之不泽，非无肤发也，文章亦尔。（一人必有一人忠实的思想骨干，文字辞藻都是余事。）行世者必真，悦俗者必媚，真久必见，媚久必厌，自然之理也。"文人之真假只在真与媚二字之别。有你自己的见解，有你自己的癖好，有你自己的操守，不舍己耘人，不求旁人之喜悦，不讨时人之欢心，郑重一些，认为文章千古事。这样就同时可以做文人，也可以做人。

（《论语》第 57 期，1935 年 1 月 16 日）

我的信仰

　　我素不爱好哲学上无聊的理论。哲学名词，如柏拉图的"意象"，斯宾诺沙的"本质""本体""属性"，康德的"无上命令"等，总使我怀疑哲学的念头已经钻到牛角尖里去了。一旦哲学理论的体系过分动听，逻辑方面过分引人入胜时，我就难免心头狐疑。自满自足，逻辑得有点呆气的哲学体系，如黑智儿的历史哲学，卡尔文的人性堕落说，仅引起我一笑而已。等而下之，政治上的主义，如流行的法西斯主义，那真是胡闹了。共产主义还较能引起我的尊重，因它在理想方面毕竟是以博爱平民为主旨：至于法西斯主义则根本上就瞧不起平民。二者都是西方唯智论的产物。

　　科学研讨分析生命上细微琐碎之事，我颇有耐心；只是对于剖析过细的哲学理论，则殊觉厌烦。虽然，不论科学、宗教，或哲学，若以简单的文字出之，却都能使我入迷。其实说得浅近点，科学无非是对于生命的好奇心，宗教是对于

生命的崇敬心，文学是对于生命的叹赏，艺术是对于生命的
欣赏；根据个人对于宇宙之了解所生的对于人生之态度，是
谓哲学。我初入大学时，不知何者为文科，何者曰理科，然
总得二者之中择其一，是诚憾事也。我虽选文科，然总觉此
或是一种错误。我素嗜科学，故同时留意科学的探究以补救
我的缺失。如果科学为对于生命与宇宙之好奇感的话不谬，
则我也可说是个科学家。同时，我秉心虔敬，故所谓"宗教"
常使我内心大惑。我虽为牧师之子，然此殊不能完全解释我
的态度也。

　　我以普通受过教育之人的资格，对于生命，对于生活，
对于社会、宇宙，及造物，尝想采取一个和谐而一贯的态度。
我虽天性不信任哲学的理论体系，然此非谓对于人生——如
金钱、结婚、成功、家庭、爱国、政治等——就不能有和谐
而一贯的态度。我却以为知道毫无破绽的哲学体系之不足凭
信，反而使采取较为近情，一贯而和谐的人生观较为简易。

　　我深知科学也有它的限度，然我崇拜科学，我老是认定
科学家是小心地兢兢业业的工作着，我深信他是诚实可靠的。
我让他去为我寻求发见物质的宇宙，那个我所切望知道的物
质的宇宙，但一旦尽量取得科学家对于物质的宇宙的知识后，
我记住人总比科学家伟大，科学家是不能告诉我们一切的，
他并不能告诉我们最重要的事物，他不能告诉我们使人快乐
的事物。我还得依赖"良知"（born sense）那个似乎还值得
复活的十八世纪的名词。叫它"良知"也好，叫它常识也好，
叫它直觉或触机也好，其实它只是一种真诚的由衷的，半幽

默半狂妄，带点理想色彩而又有些无聊然却有趣的思维。先让想象力略为放肆着，然后再加以冷嘲，正如风筝与其线那样。一部人类历史恰如放风筝：有时风太急了，就把绳收得短些；有时他被树枝绊住了，只是风筝青云直上，抵达愉快的太空——啊，恐不能这么尽如人意吧。

自有伽利略以来，科学之影响如此其广且深，吾人无有不受其影响者。近代人类对于造物，宇宙对物质的基础性质及构造，关于人类的创造及其过去的历史，关于人的善与恶，关于灵魂不灭，关于罪恶、惩罚、上帝的赏罚，以及关于人类动物的关系等的观念，自有伽利略以来，都经过莫大的变动了。大体上我可说：在我们的脑筋里上帝是愈来愈伟大，人是变得愈渺小，而人的躯壳即变得愈纯洁，灵魂不灭的观念却亦愈模糊了。因此与信仰宗教有关的重要概念，如上帝、人类、罪恶，及永生（或得救）均得重新加以检讨。

我情不自禁的寻求科学知识之进步怎样予宗教的繁文礼节以打击，并非我不虔敬，倒是因为我对于宗教非常感觉兴趣。虽则基督之山上垂训，与乎道德境界及高洁生活的优美仍然深入人心，然我们必须大胆承认宗教的工具——宗教所赖以活动的观念，如罪恶、地狱等——却已为科学摧残无余了。我想真正想象地狱的，在今日大学生中恐百不得一，或简直千不得一罢。这些基本的观念即已大大的变更了，则宗教本身，至少在教会，当然是难免要受影响的了。

方才我说上帝在我们脑中比前来得巨大而人却变得渺小。

我意指物质方面而言。因为上帝既然充其量只能与宇宙同其
广大，而现代天文学告诉我们的物质的宇宙愈来愈广阔无际，
我们自然心头起恍惚畏惧之感。宗教与夫以人类为中心的种
种信念的最大敌人是二百英寸的望远镜。数星期前我读纽约
报纸的记载，说是有一位天文学家新近发见一簇离地球有廿
五万光年的星群，那时我顿觉往昔对于人类在天地间所处之
地位的观念未免太可笑了。这些事物对于我们的信念，其影
响不能谓为不大。许久以前我就觉得我在造物宇宙的心目中
是何等渺小卑微，而灭亡、惩罚、赎罪等办法何等乖谬狂妄了。
上帝以人有缺点而加以惩治，正如人类制定法规，以惩治虫
蛆蚂蚁，或使其悔改赎罪，同样荒谬无据。

　　善恶报应，以及代人赎罪之价值与必要等观念，皆因科
学与近代知识之进步而变更了。理想化的至善与罪恶之对立
观念已不足信了。知道人由下等动物进化而来并承受动物
之本能，则觉向来人性善恶之争颇属无谓。吾人之不能责人
类有情欲，正如吾人不能责海狸有情欲一样。因此基督教基
础的关于肉欲之罪恶的神秘思想显然失其意义了。所以那中
古的、僧侣的，与夫宗教所特有的对于身躯及物质生活的态度，
均归消灭了，取而代之是一种较为健全合理的对于人及尘世
一切的看法。谓上帝因人类有缺点或因正在进化的半途中尚
未达至善之境而恼怒，是诚无聊的话耳。

　　宗教最使我不满的一端便是它的着重罪恶。我并不自知
罪孽深重，更不觉我有何为天所不容之处。多数人如能平心
静气，亦必已与我抱同一之见解。我虽非圣贤，做人倒也相

当规矩。在法律方面，我是完美无疵的；至在道德方面则不能十全十美。但是我道德上之缺点，如间或有之的说说谎与撒撒烂污之类，给他算个总账，叫我妈妈去审判，充其量，她也只能定我三年有期徒刑而已，决不会说是判我投入阎王那里的油锅的。这不是吹牛；我朋友中间该受五年有期徒刑的也委实很少。如果我能见妈妈于地下而无愧，则在上帝面前我有何惧哉。我母亲不能罚我入地狱里的油锅，这是我所深知的。我深信上帝也同样近情与明鉴。

　　基督教教义的另一端是至善的观念。所谓至善，便是伊甸园里的人的境界；亦即是将来天国的境界。干吗至善呢？我委实不懂。所谓至善，实也不是爱美的本能所产生的。至善之观念，乃为耶稣降生后数百年中小亚细亚的那种逻辑的产物，其意乃谓我们欲与上帝为伴，既想与上帝为伴而进天国，则非做到至善的地步不可。故只是想进天国至乐之境一念之产物，并无逻辑之根据，纯是一种神秘思想而已。我诚疑基督徒如不许以天国，不知还愿做一个至善的人否？在实际日常生活中，所谓至善是并无任何意义的。因此我亦不赞成"完人"那种理想。理想的人倒是一个相当规矩而能以自己之见解评判是非的人。在我看来，理想的人无非是一个近情的人，愿意认错愿意改过，如斯而已。

　　以上所说的那种信仰未免太使真诚的基督教徒惶惑不安了。然而非大着胆不拘礼节地说老实话，我们是不配谈真理的。在这点上，我们该学科学家。在大体上，科学家的守住旧的物质定义不愿放弃，不肯接受新的学说，亦正有如我们的不愿放弃陈旧的信仰。科学家往往与新的学说争执，然而他们毕竟是开通的，故终于听命他们的良心拒绝或接受新的学说了。新的真理总是使人不安的，正如突如其来的亮光总使我们眼睛觉得不舒服一样。然而我们精神的眼睛或是物质的眼睛经过调节以后，就觉得新的境遇毕竟也并不怎样恶劣。

然则剩下来还有什么呢？还有很多，旧的宗教的外形是变迁至模糊了，然宗教本身还在，即将来亦还是永远存在的，此处所谓宗教，是指激于情感的信仰，基本的对于生命之虔诚心，人对于正义纯洁的确信之总和，也许有人以为分析虹霓之彩色，或是在公园喷泉上设置人为的虹霓，我们对于主宰的信心就要消失，而我们的世界将沦为无信仰的世界。然而不，虹霓之美，固犹昔也。虹霓或溪边微风并未因此而失去其美丽与神秘之一丝一毫。

我们还有一个信仰较为简单的世界。我爱此种信仰，因为它比较简单，颇为自然。我所说的得救的"工具"已没有了；其实对于我"得救"的目的也已没有了。那严父样的上帝，对于我们的琐事也要查问的上帝，也没有了。在理论上互有关联的人本善说，堕落，定罪，叫人代理受罚，善性的回复，这些也被击破了。地狱没有了，天堂跟着也消逝了。在这样的人生哲学中，天堂这东西是没有地位的。这样也许要使心目中向有天堂的人不知所措了。其实是不必的。我们还是拥有一个奇妙的天地，表现上是物质的，然其动作则几乎是有灵智的神力推动者然。

人的灵性亦并未受到影响。道德的境界乃非物理定律的势力所能及的。对虹霓的了解是物理学，然见虹霓而欣喜则属于道德的范围了。了解是不会，不应，并且也是不能毁灭心头的欣喜的。这便是信仰简单的世界，既不需用神学，亦不乞助于无据的赏罚，只要人的心尚能见美而喜，尚能为公道正义慈爱所感动，这样也就够了。规规矩矩的做人，做事以最高贵最纯洁的本性为准绳，原是应该的。其实这样也就是合乎教义了。我们既有秉自祖先的兽性——就是所谓人类进化过程中的罪恶——则以常识论，我们有一个较高贵的我与一个较低级的我。我们有高尚的本能，同时有卑劣的本能。吾人虽不信我们的罪恶是由撒旦作祟，然此非谓我们行事须依顺兽性也。

孟子说得好："恻隐之心，人皆有之；羞恶之心，人皆有之；敬畏之心，人皆有之：是非之心，人皆有之。"孟子又说："养其大者为大人，养其小者为小人。"

以论理言，唯物主义非必随旧的宗教观念之消灭与俱来，然在事实上唯物主义却接踵而至。因人本非逻辑的动物，人事本有奇特可笑处。在大体上，近代社会日趋唯物，而离宗教日远，宗教向为一组经神批准的一贯的信仰。它是不期然而然的情感冲动，并非理智的产物。冷酷的合理的信仰是不能替代宗教的。复次，宗教一事，由来已久，根深蒂固，有传统的力量，这部传统的规范倘或失去，并非佳事，然事实上竟已失去。这个时代又非为产生新教教主的时代。我们太爱批评故也。而个人私信对于合理的行为的信念，其力量以之与伟大的宗教相较，直有大巫小巫之差。这种私人的信念，以语上也者之君子则有余，对于下也者之小人则不足应付也。我们已处于进退维谷左右为难之时代矣。

摩西与孔子对于行为的规范均与以宗教的意味，洵智慧的办法也。但在现代社会中我们既不能产生一个摩西或一个孔子，我们惟有走广义的神秘主义的一途，例如老子所倡导的那种。以广义言之，神秘主义乃为尊重天地之间自然的秩序，一切听其自然，而个人融化于这大自然的秩序中是也。

道教中的"道"即是此意。它含义之广足以包括近代与将来最前进的宇宙论。它既神秘而且切合实际。道家对于唯物论采宽纵的态度。以道家的说法看来，唯物主义并不邪恶，只是有点呆气而已。而对于仇恨与妒忌则以狂笑冲散之；对于恣意豪华之辈道教教之以简朴；对于都市生活者则导之以大自然的优美。对于竞争与奋斗则倡虚无之说以救济之；对于长生不老之妄想，则以物质不灭宇宙长存之理以开导之；对于过甚者则敬之以无为宁静；对于创造事业则以生活的艺术调和之；对于刚则以柔克之。对于近代的武力崇拜，如近代的法西斯国家，道教则谓汝并非世间唯一聪明的家伙，汝往前直冲必一无所得，而愚者千虑必有一得，物极则必反，拗违此原则者终必得恶果。至于道教努力和平乃自培养和气着手。

　　在其他方面宗教的改革，我想结果是不会十分圆满的。我对宗教下的定义，方才已说了，是对于生命的崇敬心。凡是信仰总是随时变迁的，信仰便是宗教的内容，故宗教的内容必随时而异。

　　宗教的信条亦是无时不变的。"遵守神圣的安息日"，此教条往昔视为重大非凡，不得或违，在今人看来则殊觉无关紧要。时处今日，来一条"遵守神圣的国际条约！"的信条，这倒于世有益不浅。"别垂涎邻居的东西"这条教条，本含义至广，然另立一条"别垂涎邻国的领土"而以宗教的热诚信奉之，则较妥善多多，并更为有力量矣。"勿得杀人"的下面再加"并不得杀邻国的人"这几个字，则更为进步了。这些信条，本该遵守，然事实上则并不。于现代世界中创造一个包含这些信条的宗教殊非易事。我们是生存在国际的社会中，然而没有一个国际的宗教。

　　我们乃是活在一个冷酷的时代中。今人对于自己及人类比一百五十年前法国的百科字典家还悲观无信念。与昔相较，我们愈不信奉自由、平等、博爱了。我们真愧对狄德罗及达·郎贝耳诸人。国际道德从没如今这样坏过。"把这世界交给一九三〇至一九三九年的人们真是倒霉！"将来的历史家必须是这么写的。只以人杀人一端而论，我们直是处于野蛮时代。野蛮道德加以机械化敢不是野蛮行为了吗？处于这个冷酷的时代惟有道家超然的愤世嫉俗主义是不冷酷的。然而这个世界终有一天自然而然的会变好的。目光放远点，你就不伤心了。

（原刊 *New York Nationa* 一九三九年六月廿八日《大美晚报》浑介译）

（《宇宙风乙刊》第 10 期，1939 年 7 月 16 日）

裁缝道德

　　卡莱尔曾经著《裁缝被裁》（*Sartor Resartus*）一书，命名之义颇近"请看剃头者，人必剃其头"的意思。自从此书出现，裁缝遂在文学上哲学上得了相当的位置，惟裁缝执伦理之权威掌兴亡之职责者，则自华夏始。因为向来在外国裁缝不过是做衣裳的人罢了，即使外国丝袜厂依然反对女子赤足裸腿，曾经提出伦理的问题来讨论，然言者谆谆，听者藐藐，结果赤足者仍有赤足之自由。近日裸体运动且由德国而侵入美国。裸体运动或者好，或者坏，但西洋国度有此批评的演化之自由是事实。即如女子浴衣一事，三十年来之演化，真是无所不用其极了。清净教徒尽管掩面而过，新式浴装仍旧时时演化，并没人拉上国家兴亡事实以责裁缝，而英美诸国确未因此灭亡，亦系事实。可见洋人做文章到底与中国不同，只是就事论事罢了。此种思想，比较精细，就文学论文学，就艺术论艺术，不像咱们中国，开一医院，广告开头就从"东北沦丧"

做起（记得本刊曾经转载）。提倡太极拳，不就太极拳本身
与卫生之理说说，偏要拉上什么卫生救国之义。制牙膏，不
就牙膏之精美说说，偏要拉上什么实业救国之义。所以近来
我常说《论语》也不能兴国，也不能亡国，只是提倡文学中
之一要素幽默而已，最多也不过叫现代青年头脑清楚一点而
已，但是仍旧不足以救国，无奈中国文章向来是如此做法。
此种思想习惯已经养成，小学生不叫他观察事实，写叙眼前，
而叫他做"自强不息""铁道救国"廓大虚空之高论，而全
国思想始有此虚伪、矫饰、笼统、糊涂之局面。

　　因为此种方法已经养成，所以裁缝也来掌伦理之权衡
了，其论理很简单。因为今夫天下的道德，胥赖乎今夫天
下的服装，而今夫天下之服装，又全凭今夫天下之裁缝。
所以成为裁缝救国之一般舆论。那天我看见太太叫来的裁
缝，一口黄牙，一嘴厚唇，一双痧眼，心里想着要令此人
负兴国之责任，真不免有"斯人也而有斯责也"之叹。自
然我明白，他做衣很称体，但是我反对他的黄牙。当我看
他时，想到中国之兴亡，全赖道德之维持，而道德之维持，
又端赖此位黄牙口臭者之量尺，真不禁凄然泪下。

　　历来本刊转载各地当局取缔长衫，规定服制，禁止女人
养雄犬，强剃学生和尚头之类，也不知凡几。举凡志士仁人
有心世道者莫不穷思极虑，冀藉裁缝之尺寸，以振末世之颓风。
而女子之头足尤被注意焉。其忙等于宝玉，其无事亦等于宝玉。
若前汉口市民冀黄光所陈"领直对襟三口袋（取义三民主义），
五纽扣（取义五权宪法），下排不开叉（取一统意义）"，

几以三民五权为儿戏，想冀君亦是救国策做昏了而已。苟救国如此其易也，则一朝下令不许皮鞋店制高跟鞋，不许理发师烫头发，大中华岂不扶摇直上，可以轰炸日本天皇皇宫乎？苟救国不如此之易也，则国民的精神尚须用在有用之处。

于是奇论兴矣：道德便是服装，服装便是道德。然而向来中华道德之责是女子应负的，与男人无干，所以禀此道统，道德之存亡所系，全在女子之服装，而女子之服装尤以其前臂及胫之藏露为断定其贞淫之标准。大概女子之淫性集中于肘及膝，肘露则国亡，肘藏则国兴，膝见则世衰，膝隐则世盛，几成颠扑不破之论理，普天之下，莫敢异议者。然则女子之肘与膝，诚万恶之渊薮矣。职是之故，袖去肘远则道昌，去肘近则道微，裙去膝远则心正，去膝近则心邪。道风之盛衰，人心之邪正，不亦易于衡量，而末世颓风之矫正，不亦易如反掌乎？

林子有感于是，将出门，必携裁缝之带尺，以正人心而息邪说。我见女子，必执其手而量其袖，仿佛问话是如此的：

"曾女士，佛祖保佑！你可上西方乐土了。你自袖至肘足足有十三寸。"我把带尺抛在肩上赞叹的说。

"那里？林先生你太过奖了。实在这袖口离肘不过十二寸半有奇罢了。"曾女士桃腮微红的说，"我还力求上进，将来也许可以增进到十三寸，那时这个万恶渊源再怎样也无法露出了。你还不知道陈太太足足有十三寸八分呢！"

"那她必上西方乐土无疑了。固然，我们只讲她的袖子。至于胫呢，也得论人之高低。她比你人高。在身材高的人，一分之道德价值比较小，在矮的人，一分的差别便比较大了。这个比例关系，你明白的。"

　　因此，我尝仿美国博士论文方式，做成勘定一人道德高下之公式。女子之贞德，自然以其袖口及肘之距离为正比例，而以其袖口及腕之距离为反比例。假使以 a 代表这袖口及腕之距离，以公分计算，b 代表下裾及踝（即足盘上之距骨）之距离，也以公分计算，又以 x 代表袖口及肘之距离，y 代表下裾及膝之距离，又以 m 代表女人之年龄，n 代表她的高度，那末，假定露腿之贞淫比露臂之贞淫为加倍，就有以下的公式。

$$淫 = \frac{\sqrt{1a \times 2\frac{b}{n}}}{m}$$

$$贞 = \frac{\sqrt{1x \times 2\frac{y}{n}}}{m}$$

（《论语》第 60 期，1935 年 3 月 1 日）

我不敢游杭

　　春天又来了，春天不是读书天，遑论写作？我近来已经看准，做人比做文重要，一人吃睡做事要紧，文章只是余事罢了。就是读他人作品，也不看人文章，只看人的行径，虽然有些人要因此着慌，也顾不到许多了。单说我刚在菜圃上看那天种的菜子已经萌芽出土了，一对一对的嫩叶，正像两个眼睛在引颈观望这偌大世界。我知道过不几天就可长寸许，那时茎又高，要环观宇宙更便利了。周围的地半月前还不见生意，现在已苔锦成茵了，绿茸茸怪可爱的。墙头两只虾蟆也在那边挺肚晒日。但我非进来写作不可！

　　在这时候，满心想到杭州一游，但是因为怕革命党，不大敢去，犹豫不决。（以后或者偏偏仍然要去，也把不定。）所谓革命党，不是穿草鞋戴破笠拿枪杆杀人的革命党，乃是文绉绉吃西洋点心而一样雄赳赳拿笔杆杀人的革命文人。虽然明知这班人牛扒吃的比我还起劲，拿起锄头，彼不如我，

那里革什么命，其口诛笔伐，喊喊大众，拿拿稿费，本不足
介意，但是其书生骂书生英勇之气，倒常把我吓住。我回思
一两年来我真罪大恶极了，游山只其一端耳。让我算算账吧。
这账算来，虽也有四五条，却也都颇滑稽，虽然不敢完全自护，
却也觉得只有充满方巾气冷猪肉气的人群里才会发见。使我
生在异世，或在他国，这罪都不易成立。于是使我益发仰慕
一种近人情的文化了。我生不能救国，又不能结纳英雄、欺
骗民众，只愿做做人，也盼望人人可以做人的一个天下而已。
做人不能不具喜怒哀乐之情。有谁肯让我过近人情的生活，
我便让他治天下。若必叫人不近情，不许喜笑悲啼，这种的
天下我便不爱了，也不大愿交给这班人去治了。

　　第一条大罪，便是在本刊提倡幽默。革命者说，在帝国
主义压迫中国农民之时，你还有心说笑话么？你不敢正视现
实，不敢讽刺，只要把帝国主义的黑暗笑笑完事而已。细想
本刊创办就是叫人正视事实，叫青年头脑清楚（见第三期《我
们的态度》），本心也重幽默，不重讽刺。然而结果一看，
左派刊物，除了避开正面，拿几个文弱书生辱骂出出气以外，
倒也不见得比本刊大胆讽刺，所暴露之残酷矛盾顽固，也不
比我们多，所差我们不曾为人豢养不会宣传什么鸟主义罢了。
我虽也想抓孔夫子作护身符，说孔子处乱世之秋还能幽默，
想浴乎沂风乎舞雩，并且不曾亡周，然而总是没用，因为由
革命党看来，孔子还不如什么鸟斯基呢！所以我一时聪明起
来，只好指给他们看，高尔基，陀斯托斯基，羊头斯基，狗
肉斯基也都有幽默，而且容得下幽默。于是他们才无言，因

为我已经找到一位苏俄祖宗了。

　　第二条大罪，是由《人世间》提倡小品文，不合登了人家两首打油诗，又不合误用"闲适"二字翻译 familiar style（娓语笔调）。于是革命者喊起来（此不是冤枉，因为开火的 × × 君已经被捕，不肯反正，自认为革命者）："什么！你要提倡闲适笔调，你有闲阶级！"这有点近似因见"马"字禁读《马氏文通》一样滑稽吧！你想中国人怎样能不幽默，古香斋材料怎样能不丰富？又不合发刊词说两句"宇宙之大，苍蝇之微"都可做小品文题材。革命者即刻嚷道："什么！宇宙不谈，来谈苍蝇！玩物丧志，国要亡了！"时至今日，看看左派刊物，也不见得人家宇宙谈得比我们多，苍蝇谈得比我们少，而且小品文反大家仿效盛行了。这过十年后说来，必定有读者不敢相信，但是今年此日确有此事，而且文章做来才是今天天下好听呢！我虽也曾经举出苏东坡、白居易、陶渊明都做过好的感怀抒情小品，而都不曾负亡国之罪，但是明知这也都无用，因为这些人革命者是看不起的，因为苏东坡是"封建人物"，白居易是"知识阶级"，陶渊明是"不敢正视现实"的隐士。我没法，只好用一条老计，指出法人孟旦、英人兰姆都曾写过极好的小品，而且真正闲适，然而孟旦不曾亡法，而兰姆也不曾亡英。我又说中国人如果一作小品便会丧志，而中国人的志如果这样容易丧，则"丧之不足惜，不丧亦无能为也"。此后彼辈遂亦无言，且大做其小品，因为我已找到一位法国及一位英国祖宗了。

　　第三条罪状是翻印古书，提倡性灵。"什么叫做性灵？

就是违背社会环境的个人主义"，革命者又盲人谈象式的喊着。"读古书就是落伍！""袁中郎是遁世！"言不对题，猖猖之声充耳。性灵说在文评理论上有什么错处，没人能说出。袁中郎文学见解及其文字有什么不好，也没人能指出，只在题外生枝。这本可不理，因为我不曾叫天下人都去姓袁，学中郎想"娶短命妾"。至于今人不可读古书，话更奇了。因为说古书有毒的人天天教古文，偷看古书，也曾标点古书，也曾谬误百出，而且做出文章来，古书就抄一大堆。我也没话，只指出健出的国民不曾认外人为祖宗者。如英人、法人、德人，都爱珍藏本国古书，而彼辈不曾因此玩物丧志也是实。如果这话还不大好，说革命的苏俄人就不要他们的古书，那末我还可指出，此刻现在，莫斯科演莎士比亚戏剧还是全璧演出，不如以前删削，不定要宣传主义，这样革命者便也不能不屈服了。何况斯太林还看得起我们的梅兰芳呢？说不定梅兰芳一游俄，梅剧就变成革命的艺术了。

　　第四条大罪便是游山。这回不是左派，而是右派了。"你要游山做名士，充风雅！"南京某月刊的主笔词严义正的责斥我们"论语社"的朋友。我也不辩，也不敢辩，只轻轻指出该月刊同期的一条编辑启事，大意说：近因春假，多半撰稿诸君游兴甚浓，未能按时返京，前经预告之专号容下期出版云云。这回我口里真骂出"妈的×"来了。不合此回游山，偏偏是应浙江公路局之请，所以我也不辩，只答应将来替他们做《讨中国旅行社檄》及《讨浙江公路局提倡游山陷人丧志檄》。檄之开端，已登本刊第五十五期。我去冬游杭，怕革命者看见我赏菊的窘状，已经在该期发表了。

　　第五条罪状是吃牛扒及听蛙声。这本来太滑稽，因为与以上四条是一气相贯的，所以顺便带一笔。有一位横冲直冲沽名甚急之文人说他在我家吃牛扒。老实说，当日他牛扒跟我吃的一样多，而且那时尚未翻脸，所以牛扒他也可吃，我也可吃，都不是消闲落伍，到了一篇故意颠倒藉凑热闹的演讲笔记做出之后，于是他吃牛扒便是革命，我吃牛扒，便是落伍了。这话妙着呢！他吃牛扒时，一心想农人耕牛之苦，而我专想牛扒之味啊！此非悬拟，青天白日真真有同类文章为证，就是关于听蛙声。据某并不落伍的文人自道，他一听蛙声马上就革命的想起"农夫在插秧了"，而我只在说蛙声"很有诗意"，这不是落伍么？原来革命是那末容易的。这样革命也就等于画符，只会拿管笔画符，便可行医，也可革命。固然，吃牛扒，想耕牛，穿皮鞋，想插秧，看跑狗，想农夫，也是革命文人之韵事，但是有时也得脱裤子，撒泡尿，不然农夫要被革命文人想杀哉！

　　昔有腐儒讥白太傅官杭，"忆妓诗多，忆民诗少"，然而平心而论，腐儒虽然天天嫖妓，但诗文必不敢有一妓字，句句忧君，字字忆民。但是据我笨想，腐儒做起官来，未必比白乐天爱民，所差乐天不曾板起道学脸孔等吃冷猪肉罢了。原来这并不难，因为苛捐杂税局，向来是挂"裕国富民"的招牌的，想到此地，肚里一阵凉爽，那里又会对方巾派生气呢？

　　（《论语》第 64 期，1935 年 5 月 1 日）

论握手

　　东西文化不同之点甚多，而握手居其一。西人见面互相握手，华人见面握自己手。我想西人最可笑的习惯，就莫如握手这一端。西方文明，我能了解，西方习俗，我也很多赞成。外国哲学美术都还不错，甚至外国香水丝袜以及战舰，我都承认比中国货强。只有西人何以今日尚保存这握手的野蛮习惯，我至此不能了解。我知道西方社会也有人反对这种习惯，如同有人反对戴帽戴领一样。但是这只限于一部分人，于普通社会无甚影响；大部分的人总以为这种小事，听之罢了，何必小题大作？我就是喜欢注意这种士君子所不屑谈的小问题的一人。西人行之，尚有则可，东施效颦，真可不必，但事已至此，积重难返，已有万难挽回之势了。所以实际上，虽明知这习惯之野蛮不合理，也唯有吾从众，只不过每握手时心里委实难过，在此地说说罢了。

　　稍为研究西方风俗史的人，都知道免冠握手是发源于中世纪野蛮时代。其时绿林豪杰及封建勇士，天天比马赛剑，头戴的是铜盔，腰佩的是利剑，手戴的是铁套。铜盔之前有活动的面部，叫做 Vizor，仇乱来面部便放下，朋友来便掀起，或者全盔免去，以示并无敌意。免冠之源始于此。再仇敌来手便按剑，朋友来便脱去铁手套，与之握手，同样的表示我右手并不在按剑想杀你。握手之源始于此。现代人既不戴盔，又不佩剑，兼无铁手套，见面还是大家表示并不准备相杀，实在太无谓了。社会礼俗本来是守旧性的，以故沿袭至今，不思之甚也。

我所以反对握手，大约可分卫生上、美感上及社交上的三种理由。你想两人相遇，出手为质，或者男女授受，这其中有多少不同的疾徐、轻重、久暂的变化。假使有人要取美国博士学位，尽可写一篇以"握手种类之不同及时间状态之比较的研究"为题的博士论文，可就时间之久暂，用力之重轻，干湿之程度，心理之反应，肉感之强弱，作种种分析比较，再研讨两方性别及高度之不同的配合（分"第一类甲种之三C""第二类丙种之五 E"等），皮肤之粗细与其人职业上之关系，干湿之程度与情感之敏钝等等。假如某君记得多算几个百分之几，多画几张高度表，博士固囊中物也，只要他肯写得十分艰涩无味。

先说我反对握手之卫生上的理由。你看西人坐上海电车，看见铜板，避之若浼；《字林西报》上通信栏我就看见有人说这臭铜板简直就是病菌之巢穴，致病之媒介。然而西人何以见了阿猫阿狗便不妨与之拉手？难道他敢相信阿猫阿狗没有摸过这臭铜板吗？甚焉者，有时看见痨病鬼咳嗽时很卫生将手掩口，咳完即伸手与你握别。所以吾中华各人自握其手实较合于科学原理。拱手之源，我虽然未考，但是由医学上卫生上讲比拉手文明，这是谁也不能否认的。

　　其次，谈谈美感上及社交上的理由。手者人身上最灵活最敏感之一器官也。故握手之变化极多。你把一只手交给对方，对方要握多少时，要使多少劲，都不得由你自主，一概在对方之掌握中了。最重的莫如青年会干事之握手式。他左手拍你肩膀，右手狠狠的握你一把，握了之后，第二步便是所谓"顿"，顿得你全身动摇，筋酸骨散。假如他会打棒球（青年会干事很有这可能），那手便更可怕，只要轻轻一顿，叫你啼笑皆非。顿了之后，第三步，他得意的向你微笑，呼你老林老陈，其意若曰："现在你打算怎么了？你逃得了吗？还是好好买一张什么入场券吧，入查经班吧，不然我这手定然不放。"在这种情形之下，你如是识时务之俊杰，荷包自然就掏出来了。

　　由青年会式以至于闺媛式，其间等差级类，变化多端，无庸细别。有的不轻不重不疾不迟，只是奉行故事而已，全无意义了。有的手未伸而先缩，未握住而先逃，若甚不自然。有的闺媛坐在沙发上，头也不转，只轻轻举起两只指末，毫无待握之意，只是叫你看她的蔻丹指甲罢了。总而言之，此中光景时新，世态毕露，有示威者，有嗫嚅者，有意志坚强者，有依违两可者，有避之若浼者，有留之不放者，有急，有缓，有干，有湿，有久，有暂，有刚，有柔，有率直，有圆滑，有诚挚，有虚伪，有爱情，有冷淡，有电流，有汗秽，有人情冷暖，有世态炎凉，有几年相思，尽在一掬缠绵之内，有万般缱绻，全寄欲放还留之中，微乎其微，感不胜感，何故于日常应酬，露此百般形态？

握手如此纠纷，免冠更属麻烦。此中可看出人类之不合理性，及社会习俗之顽旧性。比如西洋女子茶话即在户内，亦不免冠，在做礼拜，亦复如此，其宽径尺余者，与人许多不便。实则做礼拜时女人不许免冠，源出于小亚细亚二千年前旧俗，其时尊男贱女，故保罗谓夏娃犯罪，妇人在上帝前不可不以帕蒙首。今日西人已无此不平等观念，而仍守保罗遗训。合理云乎哉！至于男人更有无谓之习惯。"文明"男子在电梯上，见有女子同梯即须免冠。夫电梯者何，走廊之变相而已。在走廊既不必免冠，在电梯何以独须如此？谁在同一楼中，带帽由三楼乘梯达五楼往返上下，便觉此俗之乖谬不通。扶梯原无免冠之礼，电梯何独不然？若因其类厢房而动，则男女同坐汽车，原无必免冠之礼，汽车何尝不动，又何尝不类厢房？故乘车可戴帽，乘梯必脱帽，此西洋礼吾百思不得其解。

实则人类习俗相沿，多不可以理喻。况乖谬不通之事，大如外交政治，小如学校教育，比比皆是，不仅限于应酬小节。人类之聪明，原有限的很。现代文明人之智足以发明飞机无线电，而不足以避战争，必至互相吞食而后止。所以在这种小节之愚笨乖张，何足介意，还是笑笑完事听之而已。

（《论语》第 72 期，1935 年 9 月 16 日）

談 生 活

中国人之聪明

聪明系与糊涂相对而言。郑板桥曰："难得糊涂。""聪明难，由聪明转入糊涂为尤难。"此绝对聪明语，有中国人之精微处世哲学在焉。俗语曰："聪明反为聪明误。"亦同此意。陈眉公曰："惟有知足人，鼾鼾睡到晓，惟有偷闲人，憨憨直到老。"亦绝顶聪明语也。故在中国，聪明与糊涂复合为一，而聪明之用处，除装糊涂外，别无足取。

中国人可算得是世界最聪明之一民族，似不必多方引证；能发明麻将牌及九龙圈者，大概可称为聪明的民族。中国留学生每在欧美大学考试，名列前茅，是一明证。或谓此系由于天择，实非确论，盖留学者未必皆出类拔萃之辈，出洋多由家庭关系而已。以中国农工与西方同级者相比，亦不见弱于西方民族。此尚系题外问题。

惟中国人之聪明，有西方所绝不可及而最足称异者，即以聪明抹杀聪明之聪明。聪明糊涂合一之论，极聪明之论也。

仅见之吾国，而未见之西方。此种崇拜糊涂主义，即道家思想，发源于老庄。老庄固古今天下第一等聪明人，《道德经》五千言亦世界第一等聪明哲学。然聪明至此，已近老奸巨猾之哲学，不为天下先，则永远打不倒，盖老奸巨猾之哲学无疑。盖中国人之聪明达到极顶处，转而见出聪明之害，乃退而守愚藏拙以全其身。又因聪明绝顶，看破一切，知"为"与"不为"无别，与其为而无效，何如不为以养吾生。只因此一着，中国文明乃由动转入静。主退，主守，主安分，主知足，而成为重持久不重进取，重和让不重战争之文明。

此种道理，自亦有其佳处。世上进化，诚不易言。熙熙攘攘，果何为者。何若"退一步想"，知足常乐以求一心之安。此种观念贯入常人脑中时，则和让成为社会之美德。若"有福莫享尽，有势莫使尽"，亦极精微之道也。

惟吾恐中国人虽聪明，善装糊涂，而终反为此种聪明所误。中国之积弱，即系聪明太过所致。世上究系糊涂者占便宜，抑系聪明者占便宜，抑系由聪明转入糊涂者占便宜，实未易言。热河之败，败于糊涂也。惟以聪明的糊涂观法。热河之失，何足重轻？此拾得和尚所谓"且过几年，你再看他"之观法。锦州之退，聪明所误也。使糊涂的白种人处于同样境地，虽明知兵力不敌，亦必背城借一，宁为玉碎，不为瓦全，与日人一战。夫玉碎瓦全，糊涂语也。以张学良之聪明，乃不为之。然则聪明是耶，糊涂是耶，中国人聪明耶，白种人聪明耶，吾诚不敢言。

吾所知者，中国人既发明以聪明装糊涂之聪明的用处，乃亦常受此种绝顶聪明之亏。凡事过善于计算个人利害而自保，却难得一糊涂人肯勇敢任事，而国事乃不可为。吾读朱文公"政训"，见一节云：

> 今世士大夫。惟以苟且逐旋捱事过去为事。捱得过时且过。上下相咻以勿生事，不要理会事。且恁鹘突，才理会得分明，便做官不得。以人少负能声，及少经挫抑，则自悔其太惺惺了了，一切刻方为圆，随俗苟且，自道是年高见识长进……风俗如此，可畏可畏！

可见宋人已有此种毛病，不但"今世士大夫"然也。夫"刻方为圆"，不伤人感情，不辨是非，与世浮沉，而成一老奸巨猾，为个人计，固莫善于此，而为社会国家计，聪明乎？糊涂乎？则未易言。在中国多一见识长进人时，便是世上少一做事人时；多一聪明同胞时，便是国事走入一步黑暗乡时，举国皆鼾鼾睡到晚，憃憃直到老。举国皆认三十六计走为上计之圣贤，而独无一失计之糊涂汉子。举国皆不吃眼前亏之好汉，而独无一肯吃亏之弱者，是国家之幸乎？是国家之幸乎？

然中国人虽绝顶聪明，归根结底，仍是聪明反为聪明误。呜呼！吾焉得一位糊涂大汉而崇拜之？

（《人间世》第 6 期，1934 年 6 月 20 日）

论玩物不能丧志

余尝谓玩物丧志，系今世伪道学袭古昔真道学语。今人谓游名山，读古书，写小品，便是玩物丧志。然德人善登名山，法人好读古书，英人亦长小品，而三国人之志并未丧，并不勇于私斗，怯于公愤，如吾同胞。然则国人之志本薄弱可知，丧之不足惜，不丧亦不能为也。

孔子好歌好和，好鼓瑟，好射，好乐，不删"郑风""陈风"，不删"关雎""桑中"诸章，"学而"第一章，即以读书为乐事，《论语》到处不亦乐乎，不亦悦乎。盖孔子洞澈人情，只求中和，不以玩为非，尚不失为健全的人生观。汉儒曲解毛诗，宋儒则变本加厉，以玩为非，陷入道学。今儒又比宋儒进一步，并游山，读书，小品，亦欲禁止。大约行愈卑者言愈伪，此心理分析所谓"求平"作用（compensation）与麻子特刁钻同一道理，不然则不足保持其心理上之均衡。

"玩"在西洋社会已取得相当地位。西洋男女喜作乐，甚至夫妇携手同行，毫不为耻，只是表示一种自然的人生观。今我国人效之，似亦不觉得怎样。倘无西人榜样，真不知当如何斥为伤碍风化的事。西人踢球，吾人仿效之，倘无西人榜样为踢球者之护符，不知又当如何遭人反对。

中国人独好山水花鸟。山水花鸟，即中国之所谓玩。中国人看见成人在球场上抢一只球，总以为可笑，踢球之姿势，七颠八倒，亦有伤大雅，君子所不为。惟在初夏晴日，趁夕阳西下，沿堤散步，看柳浪，赏荷花，观池鱼，……乃为成年人之玩赏乐趣。其散步，亦主安闲自在，不似英人所谓 country walk 在大日中急步数里，回来罩上羊毛衫出汗，始谓之 exercise。

中国人生活苦闷，得以不至神经变态，全靠此一点游乐雅趣。西人之评中国文化，最称赞奇异者，即在不堪其忧之中，穷人仍然识得安乐，小市民在傍晚持鸟笼在街上谈天，江北车夫在茅屋之外，种些金花草。盖中国人无宗教，其所以得性灵之慰安者，专在自然之欣赏。此一半系中国诗文的遗赐，使常人亦识得鸟语花香之趣。今之复兴民族者，只许人踢足球，不许人看花赏鸟，真不知如何说法。工农阶级倘不得踢球，又不许看花赏鸟，失了东方人欣赏自然之精神，真不知将何过日子也。

然古人以玩为非，尚有系统的哲学在焉。理学家以为凡玩足使心性浮动，故女子必以礼教防范之。盖以为小姐游花园，情根一动，即为祸苗，禁之不使游花园，亦不失为防微杜渐之计。今日中国风俗已受西方影响而浪漫化，女子可游公园，青年可踢足球，要人可看电影，画家可画裸体，凡有西洋祖宗为护符者，皆不敢讹议。独东方式之游玩，必认为玩物丧志，此而言复兴民族，民族岂不殆哉！

在此东西文明接触之时，最用得着健全的批评眼光。小品文只是一种笔调，等于西洋之familiar essay。如何能令人丧志，百思不得其解。吾恐国人詈陈眉公、冒辟疆之小品，余勇可贾，而詈蒙旦、哈兹烈脱之小品，真无此勇气。吾其急急抬出蒙旦、哈兹烈脱以为护符乎？

（《人间世》第7期，1934年7月5日）

中国的国民性

一

　　中国向来称为老大帝国。这"老大"二字有深义存焉，就是既老且大。老字易知，大字就费解而难明了。所谓老者第一义就是年老之老。今日小学生无不知中国有五千年的历史，这实在是我们可以自负的。无论这五千年中是怎样混法，但是五千年的的确确被我们混过去了。一个国家能混过上下五千年，无论如何是值得敬仰的。国家与人一样，总是贪生想活，与其聪明而早死，不如糊涂而长寿。中国向来提倡敬老之道，老人有什么可敬呢？是敬他生理上的一种成功，抵抗力之坚强，别人都死了，而他偏还活着。这百年中，他的同辈早已逝世，或死于水，或死于火，或死于病，或死于匪，水旱寒暑攻其外，喜怒忧乐侵其中，而他能保身养生，终是胜利者。这是敬老之真义。敬老的真谛，不在他德高望重，福气大，子孙多，倘使你遇道旁一个老丐，看见他寒穷，无子孙，德不高，望不重，遂不敬他，这不能算为真正敬老的精神。所以敬老是敬他的寿考而已。对于一个国家也是这样。中国有五千年连绵的历史，这五千年中多少国度相继兴亡，而他仍存在；这五千年中，他经过多少的旱灾水患，外寇的侵凌，兵匪的蹂躏，还有更可怕的文明的遗毒，假使在于神经较敏锐的异族，或者早已灭亡，而中国今日仍然存在，这不能不使我们赞叹。这种奇迹，只可意会，不可言传。

同时老字还有旁义，就是"老气横秋""脸皮老"之老。人越老，脸皮总是越厚。中国这个国家，年纪比人家大，年纪一大，也就倚老卖老，荣辱祸福都已置诸度外，不甚为意。张山来说的好："少年人须有老成人之识见，老成人须有少年人之襟怀。"就是说少年识见不如老辈，而老辈襟怀不如少年。少年人志高气扬，鹏程万里，不如老马之伏枥就羁。所以孔子是非常反对老年人之状态的。一则曰"不知老之将至"，再则曰"老而不死是为贼"，三则曰"其及老也，戒之在得"。戒之在得是骂老人之贪财，容易患了晚年失节之过。俗语说"鸨儿爱钞，姐儿爱俏"，就是孔子的意思。姐儿是讲理想主义者，鸨儿是讲现实主义者。

大是伟大之义。中国人谁不想中国真伟大啊！其实称人伟大，就是"不懂"之意。以前有一黑人去听教师讲道，人家问他意见如何，他说"伟大啊"。人家问他怎样伟大，他说"一句话也听不懂"。不懂就是伟大，而伟大就是不可懂。你看路上一个个同胞，或是洗衣匠，或是裁缝，或是黄包车夫，形容并不怎样令人起敬起畏。然而你试想他的国度曾经有五千年历史。希腊、罗马早已亡了，而他巍然独存。他所代表的中国，虽然有点昏沉老耄，国势不振，但是他有绵长的历史，有古远的文化，有一种处世的人生哲学，有文学、艺术、乐舞、建筑足与西洋媲美。别人的种族，经过几百年文明，总是腐化，中国的民族竟还能把河南犹太民族吸收同化。这是西洋民族所未有的事。中国的历史比其他各国有更悠久的不断的经历，中国文化也比其他各国能传布较大的领域。据实用主义的标准讲，他在优胜劣败的战场上是胜利者，所以这文化，虽然有许多弱点，也有竞存的效果。所以你越想越不懂。而因为不懂所以你越想中国越伟大起来了。

二

老实讲，中国民族经过五千年的文明，在生理上也有相当的腐化。文明生活总是不利于民族的。中国人经过五千年的叩头请安、揖让跪拜，五千年说"不错，不错"，所以下巴也缩小了，脸庞也圆滑了。一个民族五千年中专说"啊！是的，是的，不错，不错"，脸庞非圆起来不可。江南为文化之区，所以江南也多小白脸。最容易看出的是毛发与皮肤，中国女人比西洋妇人皮肤嫩、毛孔细、少腋臭，这是谁都承认的。

还有一层，中国民族所以生存到现在，也一半是靠外族血脉的输入，不然今日恐尚不止如此颓唐萎靡之势。看看北方人与南方人的体格便知此中的分别。（南人不必高兴，北人不必着慌，因为所谓"纯粹种族"在人类学上承认是等于

"神话"，今日中国就没人能指出谁是"纯粹的中国人"。）

中国历史，约八百年必有王者兴，其兴不是因为王者，是因为新血之加入。世界没有国家经过五百年以上而不变乱的；其变乱之源就是因为太平了四五百年，民族就腐化，户口就稠密，经济就穷窘，一穷就盗贼瘟疫相继而至，非革命不可。所以每八百年的周期中，首四五百年是太平的，后二三百年就是兵匪内乱，由兵匪起而朝代灭亡，始而分裂，继而迁都，南北分立，终而为外族所克服，克服之后，有了新血脉然后又统一，文化又昌盛起来。周朝八百年是如此，先统一后分裂，再后楚并诸侯南方独立，再后灭于秦。由秦至隋也是约八百年一期，汉晋是比较统一，到了东晋便五胡乱华，到隋才又统一。由隋至明也是约八百年，始而太平，国势大振，到南宋而寝微，到元而灭。由明到清也是一期。太平五百年已过，我们只能希望此后变乱的三百年不要开始，这曾经有人做过很详细的统计，总而言之，北方人种多受外族的混和，所以有北方之强，为南人所无。你看历代建朝帝王都是出于长江以北，没有一个出于长江以南。所以中国人有句话，叫做吃面的可以做皇帝而吃米的不能做皇帝。曾国藩不幸生于长江之南，又是湖南产米之区，吃米太多，不然早已做皇帝了。再精细考究，除了周武王、秦始皇及唐太祖生于西北陇西以外，历朝开国皇帝都在陇海路附近，安徽之东，山东之西，江苏之北，河北之南。汉高祖生于江北，晋武帝生于河南，宋太祖出河北，明太祖出河南。所以江淮盗贼之薮，就是皇帝发祥之地。你们谁有女儿，要求女婿或是要学吕不韦找邯郸姬生个皇帝儿，求之陇海路上之三等车中，可也。考之近日武人，山东出了吴佩孚、张宗昌、孙传芳、卢永祥。河北出了齐燮元、李景琳、张之江、鹿钟麟。河南出一袁世凯，险些儿就登了龙座，安徽也出了冯玉祥、段祺瑞。江南向来没有产过名将，只出了几个很好的茶房。

<h1 style="text-align:center">三</h1>

　　但是虽有此南北之分，与外族对立而言，中国民族尚不失为有共同的特殊个性。这个民族之由来，有的由于民种，有的由于文化，有的是由经济环境来的。中国民族也有优点，也有劣处，若俭朴，若爱自然，若勤俭，若幽默，若安分，这都是好的；若善生儿女，若守旧，和平，这也有好也有坏；若含忍，若分散不能团结，若老猾，这都是坏的。好的且不谈，谈其坏的。为国与为人一样，当就坏处着想，勿专谈己长，才能振作。有人要谈民族文学也可以，但是夸张轻狂，不自检省，终必灭亡。最要是研究我们的弱点何在，及其弱点之来源。

　　姑先就这三个弱点来说：忍耐性、散漫性及老猾性研究一下，且考其来源。我相信这些都是由一种特殊文化及特殊环境的结果，不是上天生就华人，就是这样忍辱含垢，这样不能团结，这样老猾奸诈。这有一常理可以证明，就是人人在他自己的经历，可以体会出来。本来人家说屁话，我就反对，现在人家说屁话，我点首称善曰："是啊，不错不错。"由此度量日宏而福泽日深。在他人看来，说是我的修养工夫进步。

不但在我如此，其实人人如此。到了中年的人，若肯诚实反省，都有这样修养的进步。二十岁青年都是热心国事，三十岁的人都是"国事管他娘"。我们要问，何以中国社会使人发生忍耐，莫谈国事，摆出八面玲珑的态度呢？我想含忍是由家庭制度而来，散漫放逸是由于人权没有保障，而老猾敷衍是由于道家思想。自然各病不只一源，而且其中各有互相关系，但为讲解的清楚方便，可以这样暂时分个流别。

忍耐、和平，本来也是美德之一，但是过犹不及；在中国忍辱含垢、唾面自干已变成君子之德。这忍耐之德也就成为中国民族之专长。所以西人来华传教，别的犹可，若是白种人要效黄种人忍耐和平无抵抗，那简直是太不自量而发热昏了。在中国，逆来顺受已成为至理名言；弱肉强食，也几乎等于天理。贫民遭人欺负，也叫忍耐，四川人民预缴三十年赋税，结果还是忍耐。因此忍耐乃成为东亚文明之特征。然而愈"安排吃苦"愈有苦可吃。假如中国百姓不肯这样的安排吃苦，也就没有这么许多苦吃。所以在中国贪官剥削小百姓，如大鱼吃小鱼，可以张开嘴等小鱼自己游进去，不但毫不费力，而且甚合天理。俄国有个寓言，说一日有小鱼反对大鱼的歼灭同类，就对大鱼反抗，说："你为什么吃我？"大鱼说："那末，请你试试看，我让你吃，你吃得下去么？"这大鱼的观点就是中国人的哲学，叫做守己安分。小鱼退避大鱼谓之"守己"，及退避不及游入大鱼腹中谓之"安分"。这也是吴稚晖先生所谓"相安为国"，你忍我，我忍你，国家就太平无事了。

　　这种忍耐的态度，我想是由大家庭生活学来的。一人要忍耐，必先把脾气练好，脾气好就忍耐下去。中国的大家庭生活，天天给我们习练忍耐的机会，因为在大家庭中，子忍其父，弟忍其兄，妹忍其姐，侄忍其叔，媳忍其姑，妯娌忍其妯娌，自然成为五代同堂团圆局面。这种日常生活磨炼影响之大，是不可忽略的。这并不是我造谣。以前张公艺九代同堂，唐高宗到他家问他何诀。张公艺只请纸笔连写一百个"忍"字。这是张公艺的幽默，是对大家庭制度最深刻的批评。后人不察，反拿百忍当传家宝训。自然这也有道理。其原因是人口太多，聚在一处，若不容忍，就无处翻身，在家在国，同一道理。能这样相忍为家者，自然也能相安为国。

　　在历史上，我们也可以证明中国人明哲保身莫谈国事决非天性。魏晋清谈，人家骂为误国。那时的文人，不是隐逸，便是浮华，或是对酒赋诗，或者炼丹谈玄，而结果有"永嘉之乱"，这算是中国人最消极、最漠视国事之一时期了。然而何以养成此普遍清谈之风呢？历史的事实，可以为我们的明鉴。东汉之末，士大夫并不是如此的。太学生三万人常常批评时政，是谈国事，不是不谈的。然而因为没有法律的保障，清议之权威抵不过宦官的势力，终于有党锢之祸，清议之士，大遭屠杀，或流或刑，或夷其家族，杀了一次又一次。于是清议之风断，而清谈之风成，聪明的人或故为放逸浮夸，或沉湎酒色，而达到酒德颂的时期。有的避入山中，蛰居土屋，由窗户传食。有的化为樵夫，求其亲友不要来访问，以避耳目。竹林七贤出，而大家以诗酒为命。刘伶出门带一壶酒，叫人带一铁锹，对他说"死便埋我"，而时人称贤。贤就是聪明，因为他能佯狂，而得善终。时人佩服他，如小龟佩服大龟的龟壳坚实。

　　所以要中国人民变散漫为团结，化消极为积极，必先改此明哲保身的态度，而要改明哲保身的态度，非几句空言所能济事，必改造使人不得不明哲保身的社会环境，就是给中国人民以公道法律的保障，使人人在法律范围以内，可以各开其口，各做其事，各展其才，各行其志，不但扫雪，并且管霜，换句话说，要中国人不像一盘散沙，根本要着，在给与宪法人权之保障。但是今日能注意到这一点道理，真正参悟这人权保障与吾人处世态度互相关系的人，真寥如晨星了。

（十四年五月廿七日大夏大学演讲稿）

（《人间世》第 32 期，1935 年 7 月 20 日）

烟屑（一）

吾不读书时即读书时，读书时即不读书时。着笔时即不着笔时，不着笔时即着笔时。不读书时读书，其书活；不着笔时着笔，其文化。

凡人练习文字，必先求得一本心所好读之书。心好其言，则并其文亦无意中得之。苟所言无味，硬着头皮去读，怒目相向而谓能习得其文采，必无是理。

何者为心所好读之书？书中句句的话打上心头，如有你胸中意见被作书人先说出，便是。此亦是缘分，拾句老话，先天注定也。

意思是主体，文采是面目。吾好某人敬某人，则声音笑貌无意中与之相似。今有心恶其人言谈之无味，而专学其声音笑貌之美者，结果必学不像，并俳优亦做不成。此时下教作文学作文之方法也。傻极，亦无谓极。

明末文学观念大解放，趋于趣味，趋于尖新，甚至趋于通俗俚浅，收民歌，评戏曲，传奇小说大昌，浩浩荡荡而来，此中国文学一大关头也。故十七世纪文学在中国文学史上最放光明。而世人不察，明末清初文学史当从头做起也。

即并文学书画而合观之，十七世纪亦当列之第八世纪之后。

王维生于六九九，吴道子七○○，李白七○一，颜真卿七○八，杜甫七一二；又韩愈生于七六八，白居易七七二，柳宗元七七三。创作精神，勃然齐放。何以如此，我不说出来，说出来人家骂死我也。

袁子才七十九岁时作书与洪稚存云："枚带眼镜已二十多年，须臾不离。今春在西湖桃庄，偶然去之，大觉清爽，因而试之灯下，亦颇了然。故特写蝇头，上污英盼。似此老童，倘到黔中应童子试，学台大人其肯赏一枝芹菜否？"（《小仓山房尺牍》卷六）此老天赋独厚，从此细处可看得出。盖子才少与胡稚威同荐博学鸿词，稚威初见即曰："美才多，奇才少，子奇才也。"（《胡稚威哀词》，《小仓山房文集》，卷十四）想此老定有一番英灵气象驰骋于眉头眼梢间也。

耕读同一原理。文人作文，如农夫耘田，有一草便随手拔除，不待吉日；有一句话，一点真意思，便执笔书下。若摄影家然，看见好景便摄，防其相镜排好，天公不做好，不让你摄时也，尤防所摄人物挂朝珠穿朝服排八字脚时也。

不作文的人，不知读书趣味。时时写作，读书方得到好处。愈常写作，读书益愈大。

看书须先看反面的书。吾向不看理学的书。近来将《小仓山房文集尺牍》一气读完，看他口诛指戟，笑詈理学之矫，痛快万分，而无意中却懂得理学立场。喜理学既不可能，惟有恨理学去读他。若不喜亦不恨，永远读不进去也。故恶意读书，亦读书之一法也。

吾前谓翻印袁中郎，"偷他版税，养我妻孥"，戏言之也。大杰标点《中郎全集》，我亦加入，书畅销。由是有人替大杰管账，算他版税可得千余圆，实则到此半年我未拿到分文，大杰仅拿到百余圆。然《中郎全集》已有五种翻印版本，总数在五万以上。中郎中郎，即使我偷得你版税，亦可谅我矣！

其实我看袁中郎，原是一部四圆买来的不全本。一夜床上看尺牍，惊喜欲狂，逢人便说，不但对妻要说，凡房中人甚至佣人，亦几乎有不得不向之说说之势。时未读文集也。然此中有个道理，能说尺牍中语者，其人之英灵气魄已全毕现，其文中亦必无迂腐气门面语，此可断言也。故曰文章观气魄，妙语主空灵。气魄足，必有佳品。屠赤水亦是此中一个。

吾喜袁中郎，左派不许我喜袁中郎，虽然未读袁中郎。因此下誓，左派好卢拿卡斯基，吾亦不许左派喜卢拿卡斯基，虽然吾亦未读卢拿卡斯基。

晨起，盥罢，执笔记一点意思，无意为文，而偶然写成一文，此文必佳。或浴罢看书，迫得起来执笔，或灯下独坐，文思涌上心头来，一开头欲罢不能，此文亦必佳。

作文有五忌。前夜睡不酣，不可为文。上句写完，下句未来，或写一段，气已尽，不可为文。文句不出我意料之外，不可为文。精神不足，吸烟提神而仍不来，不可为文。心急，量窄，意酸，亦不可为文。

为文有五宜。心有所喜悦，执笔直书其意，宜。有一意思，积久欲说而未说，今日看一段新闻，听一句话，添上新意，与前意吻合，宜。偶然得开头一二句话，夺口而出，觉得甚佳，虽未有题目，宜。同一事物，得一新法表之，意虽人人所知，而体格特别便于发挥，宜。（如余前作《怎样写再启》，不过以此新法写人之心理前后矛盾，此体格之新也。内容安插甚容易。《文心》一书亦不过以新体格说旧话而已，而能看之不厌。）读书时确能发前人所未发，宜。五者有其一，尽管下笔，必无迂腐雷同之弊，而得尖新之趣。

（《宇宙风》第 1 期，1935 年 9 月 16 日）

烟屑（二）

日记所以可贵，因其夹叙夹议也。就记日记，可以练习记事，亦可练习发议论。然日记须嘻笑怒骂皆来，否则又犯伪字。

人不可无好恶，好恶得其正，斯可矣。文不可无是非，是非得其平，斯可矣。是故八面玲珑，无好恶是非者，鲜不为奸。

小学作文教学谬误甚多，而出题为文列第一。我早晚不离笔墨，行文亦不觉难，然有人出题命我为文，必做不出来。故学为文者，须使题生于文，不可使文生于题。见了题目，再想如何下笔者，谓之文生于题，万世不通。有佳意要说，顺其自然如落花流水写去，再加题目，谓之题生于文。

小学生见题目，问先生"要说什么话"时，先生须猛醒，得一当头棒喝。

虽然，行文时心中自然须有题旨，此题旨并不一定为本文最后决用之题目，乃根本要说之几句话。但话在心头，文在笔端，题旨得之意象思考之内，韵致得之有意无意之间。文之佳者，一篇文中，立意要说语居其二，行文后不说自来者居其八。此所谓行文韵致也。一篇文中尽是立意要说的话，其文必牵强；反之，有意无意间得之之语多，其文必清逸。能文与不能文之区别全在此。若银行报告，商人尺牍，必全篇立意要说语。无一句闲情逸致语，故不能称之为文。尺牍之妙者，皆全篇不要紧话，无事而写尺牍，方得尺牍妙旨。尺牍之可爱者，莫若瞎扯瞎谈。

限题为文如古人限韵做诗，无谓之极，无味之极。袁子才早已反对。

痛恶一人，欲为文骂之而未见到其人好处时，万勿动笔——因尚不够骂其人之资格也。

今日教育目标与成绩适相反。可见方法错误。

今日真教育不在学校，而在电影院。何以故？因实在深入人心，薰陶青年之德性而影响其言行者，乃银幕人物，而非学堂教师。

今日真正大学，不在各校院，而在各书店所出之丛书。卡莱尔曾说，今日之大学在于丛书。（此语卡莱尔所说，《世界文库》发刊词引为爱默生所说，误。）何以故？因现代能读书之青年所得知识，皆由阅览杂书而来，非由听教师讲义而来。

有人问我，现代文言白话交杂，欲求文字精进，应看什么书？我说文字首在实用，使他能够表情达意。写一字条亦是写作。写一寻人启事，亦是写作。写作不可看得太死。故欲求文字上进,只须报纸新闻、广告、启事、讣闻、辩驳、副刊小品、杂志创作,乱看。只要心细脑灵,能够吸收,包管你进步。只学现代文便是,不管什么文言与白话。

(《宇宙风》第 2 期,1935 年 10 月 1 日)

烟屑（三）

中国文学一部分遗产应收入现代文者，已有好的作家将他收入不少，大概常看现代文者，便可看到此部遗产。

此就普通青年言之也。若就有文学天才者言之，必须自己到旧矿中去发掘来给与别人。古书便是旧矿，通行俗话便是新矿。真正文学天才应两矿兼采，加以熔炼，使之入文。

徐志摩之散文得力于白话俗语，尤得力于传奇戏曲。徐一天才也。今日此种文字已不多见了。

民国十二年，吾新回国，住北京青年会。一日下午在阅报室看报，看得一篇（大约是《晨报副刊》）写逃雨的文字，惊叹起来，以为不料中国白话已有此流利成熟冶雅俗中外于一炉之散文。细看该篇署名为"徐志摩"，时犹不知徐志摩何人也。

徐志摩承硖石山川之气而生，一身只是"真"字。喜则跳，惊则叫，一片孩子气。因此常做出不知忌讳之事来。如追随泰戈尔演讲开会便是，因此常叫不知志摩者疑其附庸诗哲，引人自重。实则此种念头，志摩想也不曾想到也。徐只是心好泰戈尔而已。

大学刚毕业生，出口便是说言高论，要如何澄清吏治，救国救民，此谓之乳臭。青年人板道学脸孔，禁止前辈说两句笑话，亦是乳臭之一。

青年人毛病在趾高气扬，老年人毛病在圆滑奸诈。青年人把自己看得太重，老年人把自己看得太不值钱。青年人把国事看得太容易，老年人把国事看得太儿戏。此中国之一大悲剧，亦世界之一大悲剧。

青年永远是理想主义者，老人永远是现实主义者。若中国忠荩之臣，外国名流作者，老而愈辣者，殊不可多觏。

与其不朽，不如不老。既老矣，则朽亦何妨？

孔子好青年英灵之气，恶老人衰颓之象。思其故乡"狂简小子"而恶"乡愿德贼"，是最明显的例。"及其老也，戒之在得"，是骂老人贪财。

依我观察，今日青年贪财见利忘义者，亦颇不少。

今日青年问题是如何忘其所学。

孔子骂人骂得凶，骂老而不死是为贼，又骂今之从政者斗筲之器何足道也。斗筲是饭桶。

耶稣骂人也骂得凶。耶稣一身专与犹太国道学先生作战。使耶稣生于今日，一般主教牧师被他骂得体无完肤矣。

"左派"令人怕。若单看文章，倒没什么可怕；一与其人接触，便叫你提心吊胆，防你吃亏。

　　"左派"最好的宣传，不应在文字，而在个人处身立行之小节，叫人与你接触，信你在朋辈是道义之交，在国家是耿介之民，比人不爱钱，比人不欺诈，使人望见你而欣喜，说中国将来有望。尤要叫人相信中国交给你去救，你救得来。

（《宇宙风》第 3 期，1935 年 10 月 16 日）

烟屑（四）

吾好读极上流书或极下流书，中流书读极少。上流如佛老孔孟庄生，下流如小调童谣民歌盲词、泼妇骂街、船婆毒咒等。世界作品百分之九十五居中流，居中流者偷下袭上，但皆偷的不好。

泼妇骂街常近圣人之言。

宗教必如便药，方有人买。耶教之"呼我名者得救""哈唎噜哑"，佛家之"阿弥陀佛""唵嘛呢叭咪吽"皆与便药广告"三天包愈断根"相同。然文学家亦只须合十口念"嚃啰哒哩哑"喃喃有辞，便已得救。

口诵三民主义者，则有之矣，未见有为三民主义未能实行而寝食不安者。盖有之矣，吾未之见也。

三民主义行其一，则民兴；行其二，则国强；行其三，则长治久安。剥削民权，则民如散沙；禁言民族，则丧土辱国；忘记民生，则变乱无已时。

总理遗嘱尚有"唤醒民众"四字，大家忘之久矣。此四字是孙中山先生积四十年致力革命之经验所换得来。且勿姑妄待之。

世上只有力的外交，无爱的外交。

先礼后兵，言时间，亦可言空间。前头揖让，后头重兵，谓之外交。

先礼后礼，必为奴隶。

有文王无武王，不能建周朝；有武王无文王，亦不能建周室。文王之德武王之力合，而后周祚奠定。

文王囚于羑里，武王不曾坐狱。

韩信能过妇人裤下，封淮阴侯，而卒不免于死。当时若肯打妇人两下嘴巴，未必结局如此。

有忍辱负重者，亦有忍辱而重负不起者。有委曲求全者，亦有委曲而全求不到者。

（《宇宙风》第 6 期，1935 年 12 月 1 日）

烟屑（五）

　　塾师以笔法谈作文，如匠人以规矩谈美术；书生以时文评古文，如木工以营造法尺量泰山。文学如水木两作，必有本行术语，到了相当时期，这些术语仿佛有自身的存在；匠人不复能经营土木修桥造路，只对这些术语作剧烈的争辩；又由术语分出派别，甚有据某种术语以巧立门户者；塾师复取这些人的唾余去向孩童谈文学；至是教者学者皆不知欣赏文学为何事，而文学愈弄愈炫奇。

　　有文学，有文评，又有文评之文评。有木工说：你这房屋造得不合法式。又有木工曰：你用的是那家的绳墨？又有木工曰：你不应该说"那家"，你应该说"那派"。又有木工曰：你这"派"字也不甚妥，还是"门"字妥帖。于是木匠互相揪打起来。至于房屋好看不好看，及能不能造得起来，已非木工之事了。

　　初学文学的人听这些匠师的辩论，目眩耳乱，莫测其高深，那知这些与文学皆无与。你读一本小说，觉得那一段人物描写得亲切，情节来得逼真自然，或者看一篇论文，觉得那一段意思特别巧妙多姿，丰韵特别柔媚动人，议论特别淋漓痛快，使你觉得好，尽管说他好。积许多这种读书欣赏的经验，清淡、醇厚、宕拔、雄奇、辛辣、温柔、细腻……等滋味都已尝过，便真正知道什么是文学，什么不是文学。

论文字，最要知味。平淡最醇最可爱，而最难。何以故？平淡去肤浅无味只有毫厘之差，若元气不足，素养学问思想不足以充实之，则味同嚼蜡。故鲜鱼腐鱼皆可红烧，而独鲜鱼可以清蒸，否则入口本味之甘恶立见。学力未足，元气未充，见解未到者，行文必不用本味，必多引古书，多袭僻典，多用艰语，如厨夫善用姜醋，无论是鲜鱼腐鱼，一把葱，一把蒜，一把辣椒，居然能端出一盘好菜出来。去其葱，去其蒜，则无一样嚼得。文字少平淡者之源在此。

王充分（1）儒生（能通一经），（2）"通人"（博览古今），（3）"文人"（能作上书奏记），（4）"鸿儒"（能精思著文联结篇章）。（1）与（2）相对，言读书；（3）与（4）相对，言著作。"鸿儒"即所谓思想家；"文人"只能作上书奏记，完全是文字上笔端上功夫而已。思想家必须深思熟虑，直接取材于人生，而以文字为表现其思想之工具而已。

所谓笔调，非外来的，亦非所可仿效他人的，只是一人思想情感人格个性自然之流露。除古文中专门摹仿他人以简练矜奇者外，凡稍稍自由之笔调，各人自然不同。独如书法学欧学苏，结局终是一人一体。梁启超自评"笔锋常带情感"，是其人本富情感，由笔锋自然流露出来，非有何笔法教他"带情感"也。他如某人文笔细腻，某人笔力奇拔，某篇神采奕奕，皆是其人观察本细腻，思想本奇拔，心中本有神采，写时天然著之纸上，非有何细腻奇拔之笔法也。

"学者"作文时善抄书。思想家只抄自家肚里文章。

初学为文者，必言分段，一以为此中有什么奥妙，二赞叹人家怎么有这样长篇大论。其实意思到那里一段也便是一段，有话长一点，无话短一点，那有什么玄奥？前后照应，皆是常识。时文笔法之毒，至此未除。

美国人行文好分短段，英国人行文好分长段（尤其是在报纸文字）。看看上海《字林西报》（英）及《大美晚报》社论便知，其实长段味道来得醇厚些，气势也较足些。

娓语笔调，尽可拉拉扯扯，不分段纵笔直谈。谈得越有劲，段落越长。以前"废名"有一篇《关于派别》谈岂明的八千字一段长文，是属此类。我知此意，故亦不为分段。（见《人间世》廿六期）

英人态度从容，故主长段。美人只求时间经济，故报章文字每由编辑截成短段，以便读者。这种文字读下去，如吃肉丁，不能过瘾。肥肉仍是大块头好吃，许钦文已言之矣。

娓语笔调之难，难在作者肯把读者当知友，亲切自在谈去。娓语笔调之魔力，亦正在亲切二字。被作者当知友，这在读者是多么轻松愉快。

读好的娓语笔调文章，如聆名人高论，如闻其声，如见其人。要谈的有劲，须学力足，阅历富，见解透。

　　闲适笔调，便是娓语笔调，着重笔调之亲切自在。左派看定"闲适"二字定其消闲之罪，犹如四川军阀认《马氏文通》为马克思遗著。

（《宇宙风》第 7 期，1935 年 12 月 16 日）

考试分数不可靠

　　我向来反对分数，认为不足以代表学生真正的学力，虽然同时认为此非注重个人教育之学制，分数是不能避免的。惟我认为真正学力的考试可凭论文，由论文可以看出一学生文字、学问及思想之进步。我的理由很简单，一人的学问是花树式的，逐渐滋长的，不是积木式，偶然堆放而成的。一人的思想学问，是由动了灵机，继续发育其本性，对事对物渐渐得一种见解，故是一贯的、整个的。故凭其论文，便可知他思想教育的程度。各人有各人之本性、趣味，故各人有各人发育之过程，或偏此偏彼，不能勉强。在现今完全忽略学生个性整个发展的教育，教育家认为各人读同页数的书，答同样的问，将一科一科知识灌注学生脑中便可成为学人，故只须分科考试其强记的知识，便足看出一人的学问。谁也知道，这种考试出来的学问是强记而不生根的。既然不生根，当然无用。

　　考试之分数，也不一定是标准的。西洋教育家早已知道，一级中两班学生受两位教员定分数，结果每每不同。也有人反对百分制，认为这是无意义。这百分制作一绝对的假定，以学生所答与问题之正确答语相比。真正的学分应该是比较的，只能将一班的考卷就学生与学生相比。一百人中总有五十人是"中材"，他们的平均答案，才可为标准，其余的廿人比平均好为"上等"，廿人比平均坏为"下等"，又约有五人为"上上"五人为"下下"。假如某次考试全班多半得四十分，便是四十分及格。所以说这些话，不过叫大家知道百分制不是"天经地义"。

　　假如我做教员，只有两条路可走。倘使我只在大学讲堂演讲，一班五六十个学生，多半见面而不知名，少半连面都认不得，到了学期终叫我出十个考题给他们考，而凭这十个考题，订他们及格不及格，打死我我也不肯。因为如果"及格"是说某生十个答案答得好，可以；若说某生某门学问真懂了，我没有这样傻。第二条路，假如我与诸生有朝夕接近的机会，常常谈谈学问、书本，到了学期终，我的订分没有什么八十七、七十八，大概某生"不错"，某生"过得去"，某生"肯用功"，某生"杂书看得不少"，某生"不行"，某生"的确好"，某生"文字好，思想差一点"，某生有"奇气"。这些考语是有意义的，至少比"某生历史八十七点五"有意义。但是要叫我把这些考语，改为"甲，乙，丙"我改不来，通共有几种，我也莫名其妙，大概随时看人而定。所谓"看人而定"是说人有个性，不能变为一个甲等生、乙等生，或是九十分生、八十分生。至于这考语写在那里，我想没有关系，有古雅信笺时写在古雅信笺；无古雅信笺时就写在草纸、信封背上……

今天看见外报一段新闻，使我欢喜，证明我的意见不错。英国新出一本小册，名为《考试之考试》（*An Examination of Examinations*），这是一个教育委员会实验考试制度的报告。委员是有名的大学教授及教育家如 Graham Wallas 等。考试的是利用英国公学同一套的真正考卷，先后分与各不同的专家去订分，看他们订出及格不及格的成绩比较如何。最可惊异的是历史毕业考试的试卷。试验的结果是：把十五张考卷给十四位经验丰富的教员订分，结果有四十种不同的分等。再使这几位阅卷人隔十二月至十九月之后，重新订同一考卷的分数，他们自己先后不同，其二百零十张考卷中"及格""不及格"及"优等"的分配，有九十二张前后不同。不及格的变为及格，及格的变为不及格。所以这报告的结论是："很明显的，这种的考试不能叫人放心。"又说："依据现此制度，颁给许多人所赖为终身职业的毕业证书时，取与不取之决定中，含有极大的'侥幸'成分。……有许多人应该取得毕业证书而误为落第，有人不应取得证书反偶然取了。"

其实以前科举何尝不这样，所以"房师"的恩德实在不小。这报告也认为在现此制度之下，考试不能避免。不过能打破分数的迷信，不要奉为圭臬，就是学问上见解上的一种进步。

（《宇宙风》第 10 期，1936 年 2 月 1 日）

吃草与吃肉

近来在编纂一本中文字典，觉得心情平静得多，省了多少是非。因此感觉做学问工作如吃草，做文人时论如吃肉。

编报纸，做时论，评时事，正人心，息邪说，比较含有人与人之接触，必有仇敌。做学问，做考证，考经史，编字典，自然而然少是非，而且自有其乐，寻发真理，如牛羊在山坡上遨游觅食。两种工作都重要，但须各凭其性情而行，不能勉强。

这个意思，可扩而充之。世上只有两种动物，一为吃草动物，包括牛羊及思想家；一为吃肉动物，包括虎狼及事业家。吃草动物只管自己的事，故心气温和良善如牛羊；吃肉动物专管人家的事，故多奸险狡黠，长于应付、笼络、算计、挟持、指挥……

前者，如学人、发明家等，只对学理事物有趣味，而在社交上却常要羞答答；做委员，喝听差都不大行。后者如刘邦、朱元璋一类英雄豪杰，用兵用将，料事如神，而对于子曰诗云，一听便头疼，糊里糊涂。

也许有健全的天才，治学与治事都好，如曾国藩。然而曾国藩于治学方面，除了做做古文，学点腔调，那里有什么发明与贡献，可与戴东原、王念孙相比？

食肉者搏击食草者，食草者也常藐视食肉者。思想家一方羡慕事业家，一方又看不起事业家。雀鸟在树上啾叫，一方是自鸣得意，一方也是笑鹰鹯搏击觅食之苦。他觉得拾得菜子吃吃，饱腹时吟吟唱唱，也自有其乐；追逐搏击都未免无谓。

世间食肉之徒，偶尔读两本书，就在书中觅黄金屋、颜如玉、千钟禄，那里是真正懂得素食之味？学问兴趣他们是不懂的。偶尔出洋，偶尔留学，第一目的就是看准学位头衔。这于他是有意义的。他所读的不是电气化学工程，是政治法律及大学管理法，读政治法律回来可以当议员委员，高官厚禄，养父母，给妻子，并不是在研究政治学说学问上做工夫。

袁中郎描写此种人心理极好。"吏趣者，其人未必有才，亦未必无才，但觉官有无穷滋味，愈劳愈佚，愈苦愈甜，愈啖愈不尽，不穷其味不止。若夺其官便如夺婴孩手中鸡子，啼哭随之矣。"（《与张幼于书》）此语便含食草者对食肉者的讥笑。观袁中郎与吴七札，便可知他觉得食肉之苦。

所谓食草者对食肉者之羡慕，是如此的，他始终不懂这样闹忙有何意义。做个委员、科长、局长，在大会上自鸣得意的报告，本年度统计过多少别人所做的事业，填过多少别人修桥造路的表格，通过几项令他人去执行的议案，阻止过多少别人的活动，摧残过多少别人的事业，破坏过多少对方的计划，扣了多少他人的纽扣——报告完毕，扬眉得意下台……这到底有什么意义？

我想这类专管别人家事的工作，专报告他人的活动，通过叫他人施行的议案，其意义远在一个木匠做一个木盒之下。但是食肉者不让他管别人家事，心里就不高兴。

食肉者也轻鄙食草者。"议论空疏""阔论高谈""咄咄书空"是文人之罪恶。而文人常也有令人轻鄙之处。

食肉者对文人表示轻鄙，非搏击文人时，而是豢养文人时。此种豢养文人，我想仍不是真正读书种子，是借食草之名求食肉之便，还应该归入食肉类去。他们一旦得意，仍善于互相倾轧，弄权舞弊，作威作福，恃势凌人。

"文学无用"之说也是对的。革命是干的，不是谈的。打虎就得上山，站在高楼绮窗前高唱："打啊！打啊！"我总觉得滑稽。声势愈凶猛愈形其滑稽。他为什么不上山去？我老是问。所以高谈革命者，我根本就把他归入食肉之类，他是以食草之名求食肉之便。

站在绣阁绮窗前喊打虎之人笑别的站在绮窗前而不喊打之人，那叫做滑稽。站在绮窗前而不喊打者笑别的专在绮窗前喊打虎者，那叫做同情的幽默。他好像说：你只能喊打，而我充其量也只能喊打，你我都只能喊，然而喊是无用的。打而不喊者上上；打而且喊者次之；不打亦不喊者居中，有自知之明；喊而不打者中下；自己喊而以骂别人不喊为能事者，民斯为下矣。

据湖南人说：山有大虫，攘臂挽弓而上山，湖南人也。关起门来，登楼高呼，湖北人也。在玻璃窗内，算算这张虎皮值几两银者，山西人也。在高楼绣窗前对老虎喊着"来嘘！"姑苏人也。在绣窗前骂他太太为什么不去打虎，在他太太头上消耗其所有的豪勇气力者，××也，我说。

（《宇宙风》第 14 期，1936 年 4 月 1 日）

记元旦 [1]

今天是廿四年二月四日，并非元旦，然我已于不知不觉中写下这《记元旦》三字题目了。这似乎如康有为所说吾腕有鬼欤？我怒目看日历，明明是二月四日，但是一转眼，又似不敢相信，心中有一种说不出阳春佳节的意味，迫着人喜跃。眼睛一闭，就看见幼时过元旦放炮游山拜年吃橘的影子。科学的理智无法镇服心灵深底的荡漾。就是此时执笔，也觉得百无聊赖，骨骼松软，万分苦痛，因为元旦在我们中国向来应该是一年三百六十日最清闲的一天。只因发稿期到，不容拖延，只好带着硬干的精神，视死如归，执起笔来，但是心中因此已烦闷起来。早晨起来，一开眼火炉上还挂着红灯笼，恍惚昨夜一顿除夕炉旁的情景犹在目前——因为昨夜我

---

[1] 本文又曾以英文改写发表于《中国评论周报》，题为《我怎样过除夕》，内容有较大改动。故重录之。

科学的理智已经打了一阵败仗。早晨四时半在床上，已听见断断续续的爆竹声，忽如野炮远攻，忽如机关枪袭击，一时闹忙，又一时凉寂，直至东方既白，布幔外已透进灰色的曙光。于是我起来，下楼，吃的又是桂圆茶，鸡肉面，接着又是家人来拜年。然后理智忽然发现，说"我的话"还未写呢，理智与情感斗争，于是情感屈服，我硬着心肠走来案前若无其事地照样工作了。惟情感屈服是表面上的，内心仍在不安。此刻阿经端茶进来，我知道他心里在想："老爷真苦啊！"

因为向例，元旦是应该清闲的。我昨天就已感到这一层，这也可见环境之迫人。昨晨起床，我太太说："Y. T. 你应该换礼服了！"我莫名其妙，因为礼服前天刚换的。"为什么？"我质问。"周妈今天要洗衣服，明天她不洗，后天也不洗，大后天也不洗。"我登时明白，元旦之神已经来临了。我早料到我要屈服的，因为一人总该近情，不近情就成书呆。我登时明白，今天家人是准备不洗，不扫，不泼水，不拿刀剪。这在迷信说法是有所禁忌，但是我明白这迷信之来源：一句话说，就是大家一年到头忙了三百六十天，也应该在这新年享一点点的清福。你看中国的老百姓一年的劳苦，你能吝他们这一点清福吗？

这是我初次的失败。我再想到我儿时新年的快乐，因而想到春联、红烛、鞭炮、灯笼、走马灯等。在阳历新年，我想买，然而春联走马灯之类是买不到的。我有使小孩失了这种快乐的权利吗？我于是决定到城隍庙一走，我对理智说，我不预备过新年，我不过要买春联及走马灯而已。一到城隍庙不知怎的，一买走马灯也有了，兔灯也有了，国货玩具也有了，竟然在归途中发现梅花天竹也有了。好了，有就算有。梅花不是天天可以赏的吗？到了家才知道我水仙也有了，是同乡送来的。而碰巧上星期太太买来的一盆兰花也开了一茎，味极芬芳，但是我还在坚持，我决不过除夕。

"晚上我要出去看电影。"我说。"怎么？"我太太说。"今晚 × 君要来家里吃饭。"我恍然大悟，才记得有这么一回事。我家有一位新订婚的新娘子，前几天已经当面约好新郎 × 君礼拜天晚上在家里用便饭。但是我并不准备吃年夜饭。我闻着水仙，由水仙之味，想到走马灯，由走马灯想到吾乡的萝葡稞（年糕之类）。

"今年家里没有寄萝葡稞来。"我慨叹地说。

"因为厦门没人来，不然他们一定会寄来。"我太太说。

"武昌路广东店不是有吗？三四年前我就买过。"

"不见得吧！"

"一定有。"

"我不相信。"

"我买给你看。"

三时半，我已手里提一篓萝葡稞乘一路公共汽车回来。

四时半肚子饿，炒萝葡稞。但我还坚持我不是过除夕。

五时半发现五岁的相如穿了一身红衣服。

"怎么穿红衣服？"

"黄妈给我穿的。"

相如的红衣服已经使我的战线动摇了。

六时发见火炉上点起一对大红蜡烛，上有金字是"三阳开泰""五色文明"。

"谁点红烛？"

"周妈点的。"

"谁买红烛？"

"还不是早上先生自己在城隍庙买的吗？"

"真有这回事吗？"我问，"真是有鬼！我自己还不知道呢？"

我的战线已经动摇三分之二了。

那时烛也点了，水仙正香，兔灯走马灯都点起来，炉火又是融融照人颜色。一时炮声东南西北一齐起，震天响的炮声像向我灵魂深处进攻。我是应该做理智的动物呢，还是应该做近情的人呢？但是此时理智已经薄弱，她的声音是很低微的。这似乎已是所谓"心旌动摇"的时候了。

我向来最喜鞭炮，抵抗不过这炮声。

"阿经，你拿这一块钱买几门天地炮，余者买鞭炮。要好的，响的。"我赧颜的说。

我写不下去了。大约昨晚就是这样过去。此刻炮声又已四起，由野炮零散的轰声又变成机关枪的袭击声。我向来抵抗不过鞭炮。黄妈也已穿上新衣带上红花告假出门了。我听见她关门的声音。我写不下去了。我要就此掷笔而起。写一篇绝妙文章而失了人之常情有什么用处？我抵抗不过鞭炮。

（《论语》第 59 期，1935 年 2 月 16 日）

论踢屁股

中国社会只有两种阶级：踢人家屁股者，及预备屁股给人家踢者。读书上学就是预备将来踢人家屁股的门路。（参阅《文学》卷一期五《达生篇》）

同是一副屁股，给外人踢比给国人踢荣幸。同一只脚，踢国人比踢外人有劲。

被外人踢屁股者常要向被国人踢屁股者夸耀。被国人踢屁股者常要向被外人踢屁股者表示钦慕曰："胡为我后？"

奴才最善献屁股，一旦得志，亦最善踢人家屁股。

儒家"定位"之说，是叫踢屁股者放心踢，叫被踢屁股者安分被踢。但安分之说总有点未足，故必益以道家为天下谿之说，其中有消极与积极之别。"安分"只是安分而已，坐待可以不必安分之时，并非满意：为天下谿，常德不离，则以居下为得势，以屁股被踢为乐。故中国人得意时信儒教，以踢人屁股为代天行教，失意时信老庄，以屁股被踢为得天。

故中国人得遇时深觉庙堂之美，不遇时深觉山林之美。

弄堂中两个小孩子打架，拳头大的信儒教，拳头小的信佛教。

踢屁股有天才，献屁股亦有本性。天才应踢人家屁股而忽遇屁股不愿被踢，则英雄无用武之地，必骂其人如何如何。本性要献屁股求人踢而觅不到主人者，必饮酒赋诗，自叹时运不济。

踢人屁股者大都亦愿人踢其屁股，只要他认为对方有踢人家屁股的身分与福气。衙役、卑隶、司阍、马弁、政客、官僚等皆同时进行踢屁股及献屁股。

在君君、臣臣、父父、子子的国家，天下有道，则皇帝踢皇后的屁股，皇后踢宦官的屁股，宦官踢大臣的屁股，大臣踢疆吏的屁股，疆吏踢太守的屁股，太守踢庶人的屁股。假定自天子以至于庶人皆守己安分，循道不逾，一面被踢，一面踢人家，则分定位安身修家齐而国治天下平。天下无道，则宦官被皇帝踢屁股而哭诉于皇后之前，皇后反而踢天子屁股，于是上行下效，庶人踢太守屁股，太守踢疆吏屁股……是谓人心不古，天下大乱，百姓造反，而有革命党出现。

少年人好打倒人家，反踢踢之者之屁股。老成人则反是，有涵养。因为经验、阅历、世故告诉他，反踢者逆天，常要头破血流，至少亦须常坐冷板凳，甘受踢者顺天，顺天则宦囊饱满，升官进爵，命中有软垫沙发可坐。

文人政客失意时，每代屁股被踢之小百姓抱不平，主张屁股不应被踢，以合民治精神；得意时，又主张凡屁股皆有应踢之义，以符治安之旨。

读书人踢百姓之屁股，而武人又从而踢读书人之屁股。文人政客上台后，主张凡屁股非自我踢之不可，为公为私，皆不得不牺牲个人，为国效劳。不久，武人将他踢下来，亦恭颂曰："这一脚踢得好啊！"然而不久，又主张，凡踢屁股是违反民治精神。

由被动的踢升为主动的踢，其中有一层工夫，叫做"摸"。然凡摸赵孟之屁股者，赵孟即有踢其屁股之权利。

同时好踢屁股，又以被踢时喊痛与不痛为分。被踢而不喊痛者谓之"有涵养"，好喊痛者谓之"不识抬举"。在中国屁股怕踢，或一踢便喊痛，还能算做屁股吗？

斯巴达儿童亦有打屁股不许喊痛之练习。但情形又与中国不同。斯巴达人是练习不喊痛，不是练习给敌人踢屁股，而且同时练习反踢。因为斯巴达人骁勇善战，亦善踢雅典人之屁股。

踢屁股哲学已深入吾国人心理，要把它革除，以一百年为限。

（《申报·自由谈》，1932 年 11 月 26 日）

纪春园琐事 ①

　　我未到浙西以前，尚是乍寒乍暖时候，及天目回来，已是满园春色了。篱间阶上，有春的踪影，窗前檐下，有春的淑气，"桃含可怜紫，柳发断肠青"，树上枝头红苞绿叶，恍惚受过春的抚摩温存，都在由凉冬惊醒起来，教人几乎认不得。所以我虽未见春之来临，我已知春到园中了。几颗玫瑰花上，有一种蚜虫，像嫩叶一样青葱，都占满了枝头，时时跳动。地下的蚯蚓，也在翻攒园土，滚出一堆一堆的小泥丘。连一些已经砍落，截成一二尺长小段，堆在墙角的杨树枝，也于雨后凭空添出绿叶来，教人诧异。现在恍惚又过数星期，晴日时候，已可看见地上的叶影在阳光中波动。这是久久不曾入目的奇景，也正是"国破山河在，城春草木深"的时节。

---

　　① 本文经改写以《家园之春》为题发表在英文报纸《中国评论周报》，内容有较大变动，故此处重录。

　　但是园中人物，却又是另一般光景。人与动物，都感觉春色恼人意味，而不自在起来。不知这是否所谓伤春的愁绪，但是又想不到别种名词。春色确是恼人的。我知这有些不合理。但假定我是乡间牧童，那必不会纳闷，或者全家上下主仆，都可骑在牛背放牛，也不必至于烦躁。但是我们是居在城中，城市总是令人愁。我想"愁"字总是不大好，或者西人所谓"春疟"，表示人心之烦恼不安，较近似之。这种的不安，上自人类，下至动物，都是一样的，连我的狗阿杂也在内。我自己倒不怎样，因为我刚自徽州医好了"春疟"回来。但我曾在厨夫面前，夸赞屯溪风景，厨夫偏是徽州人，春来触动故乡情，又听我指天画地的赞叹。而事实上他须天天在提菜篮，切萝卜，洗碗碟，怎禁得他不有几分伤春意味？我的佣人阿经，是一位壮大的江北乡人，他天天在擦地板，揩椅桌，寄邮信，倒茶水，所以他也甚不自在。此外有厨夫的妻周妈——周妈是一位极规矩、极勤劳的妇人，一天在洗衣烫衣，靠她两只放过的小脚不停的走动，却不多言语，说话声音是低微的，有笑时，也是乡女天真的笑，毫无城市妇女妖媚态——凡中国传统中妇人的美德，她都有了。只有她不纳闷、不烦躁，因为她有中国人知足常乐的心地，既然置身于小园宅，叶儿是那样青，树儿是那样密，风儿是那样凉，她已经很知足了。但是我总有点不平。她男人以前常拿她的工钱去赌，并且曾把她打得一脸紫黑，后来大家劝他，我立了一条"家法"，才不敢再这样蛮横。他老是不肯带她外出，所以周妈一年到头总居在家中。

　　但是我是在讲"春疟"。年轻的厨夫，近来有点不耐烦，小菜越来越坏了，吃过饭，杯盘都交给周妈去洗，他便可早早悄悄的外出了。更奇的是，有一天，阿经忽然也来告半天假。这倒出我意外，阿经向来不告假的。我曾许他，每月告假一天，但是他未告过假。但是这一天，他说"乡下有人来，须去商量要事"。我知道他也染上"春疟"了。我说："你去吧！但不要去和同乡商量什么要事。还是到大世界或新世界去走一遭，或立在黄浦滩上看看河水吧。"我露齿而笑，阿经心里也许明白我明白他的意思。

　　阿经正在告假外游时，却另有人在告假常来我家中走动。这是某书局送信的小孩。这小孩久已不来了，因为天天送稿送信，已换了一位大人。现在却似乎非由小孩来不可，就是没有稿件、清样，他也必来走一遭，或者来传一句话，或者来送一本杂志。我明白，他是住在杨树浦街上，所看见的只是人家屋瓦、墙壁、灰泥、垃圾桶、水门汀，周围左右一点也没有绿叶。是的，绿叶有时会由石缝长出，却永不会由水门汀裂缝出来的。现在世界，又没有放小店员去进香或上坟的通例。所以他非来我这边不可，一来又是徘徊不去，因为春已在我的园中，虽然是小小的园中。自然他不是来行春，他不过是来"送信"而已。

　　人以外，动物也正在发"春疟"，我的家狗阿杂向来是独身主义者。若在平日，住在家中，它倒也甚觉安闲自在。我永不放它出去，因为它没有挂工部局的狗领，我又不善学西人拉着它兜风去，觉得有碍观瞻。但是现在不行，我的园地太小了，委实太小了；骨头怎样多，它还是不满意。我明白：它要一个她，不管环肥燕瘦，只要有个她便好了。但是这倒把我难住了。所以它也在发愁。

　　不但此也，小屋上的鸽子也演出一幕的悲剧。本来我们租来这所房子时，宅中有七八只鸽子，是以前的房客留下的。现只剩了一对小夫妇，在小屋上建设他们快乐的小家庭。他们原打算要生男育女，养一小家儿女起来，但是总不成功。因为小鸽出世经旬，未学走先学飞，因而每每跌死。那对少年夫妇歇在对过檐上，眨眼儿悲悼的神情，才叫人难受。这回却似乎不同，聊有成功之希望了。因为小鸽已经长得有半斤重，又会跑到窗外，环视这偌大世界，并且已会扇几下翅膀儿。但是有一天阿经忽然喊着说："小鸽死了！"轰动了全家人等出来围问。这小鸽怎样死的呢？阿经亲眼看见它滚在地上而死。这条命案非我运用点福尔摩斯的本领查不出来。

　　我走上摸这死鸽项下的食囊，以前他的食囊总是非常饱满的，此刻却是空无一物。巢上尚有两枚鸽蛋。那只母鸽坐在巢中又在孵卵。

　　"你近来看见那只公的没有？"我盘问起来。

　　"有好几天不见了。"阿经说。

　　"最后一次看见是在何时？"

　　"是上礼拜三看见的。"

　　"唔！"我点首。

　　"你看见母鸽出来觅食没有？"

　　"母鸽不大出来。"

"唔!"我说。

我断定这是一桩遗弃妻子的案件。就是"春疟"作祟。小鸽确系饿死无疑。母鸽既然在孵卵,自然不能离巢觅食。

"薄幸郎!"我慨叹的说。

现在丈夫外逃,小儿又死,母鸽也没心情孵卵了。这小家庭是已经破裂了。母鸽零丁孤独的歇在对过檐上片刻,顾盼她以前快乐的小家庭一回,便不顾那巢中的蛋,腾翼一飞,不知去向了。我想她以后再也不敢相信公鸽子的话了。

（《人间世》第 5 期，1934 年 6 月 5 日）

谈螺丝钉

　　柳夫人：那新装的水龙头还在滴水呢！

　　柳：你不会把它拧紧。

　　柳夫人：何尝不曾用死劲拧过，可是无用。起初水是从龙头口出来，等到你拧紧了，它便由你手按着的螺丝杆上头周围这样一古脑儿溜涌出来。等你又拧松一点，上头不流了，却又由水管口一直流出。就从昨晚到今天早晨一直这样的的达达的滴的满地板……

　　朱：我晓得了，你必定是用的国货。

　　柳夫人：就是因为爱国，不然还上不了这个当，当时又贪它便宜，想省几个钱，现在我想还是叫水匠换个来路货，不但不省钱，还要多赔几个钱。我想国虽要爱，也要叫人爱国莫当阿木林才是。那些洋鬼子，东西怎么造的这样好，叫我有时佩服他们，有时又恨他们。

　　柳：恨的好。为什么咱们螺丝钉造不好，他们偏偏造的好。

真真岂有此理。辜鸿铭先生早就先尔而言之矣。真真岂有此理。为什么西洋人不讲精神文明，专讲物质文明、工业文明、螺丝钉文明。该恨，该恨！（柳先生笑了。）

朱：且慢，老柳。辜先生坐的是苏扬马桶呢，还是抽水马桶呢？老辜也未免不思之甚矣。难道满身是虱，坐苏扬马桶，精神便文明起来吗？什么叫做精神，什么叫做物质？莎士比亚说的好，脑袋，脑袋，没有袋那里去脑——他并没有这样说，不过我揣他的意思，想当然耳。《亨利第五》那剧中是有过这种意思的。东方才子莫如庄生，西方才子莫如尼采，二位脑袋未尝不好。然庄生死后，脑浆一硬，还会做《齐物论》吗？还真会跳出棺吗？尼采那种头脑，那种天资，小小的花柳病菌一入，也发疯了。西方物质文明实由西方精神而来，而这精神原来就是跟你席上吃的"鸭腰"一样软细的白质做的。

柳夫人：什么叫"鸭腰"？

柳：你别问了。总而言之，鸭之腰也。

柳夫人（呆了一会）：好！鸭腰者，鸭之腰也。你们咬文嚼字先生，总是不得其死然。……你们不告诉，我也不问了。——老朱的意思我是赞同的。什么英雄才子，谁不是娘胎生下来，一层皮包一层肉做的，三天不吃饭，就要精神不振，七天不吃饭，便要上西天。李白斗酒诗百篇，可见得他的诗原来是酒精做的。苏东坡醉笔，还不是酒精在脑里作怪？你看他，他不吸烟文章便做不出来，他的文章都是肚里烟灰做成的。

柳：亏你知己。我文章不是烟灰做来，也是烟魂做来的。

莎士比亚说过，烟者，烟是波立敦也。

朱：真会挖苦人。你也来"想当然耳"了。

柳：充其量，也不过如你胡闹而已。

柳夫人：别闹，我来做个和事佬吧。我们还是谈谈螺丝钉，好不好？

朱：谈吧。

柳夫人：我想不爱国了。我真要换个舶来水龙头。为什么中国人一个螺丝钉就做不好？请大家研究一下。到底是精神不好呢，是物质不好呢？

柳：两者都有。螺丝钉物质不好，就是一则原料不好，二则马马虎虎，分寸大小，不精不准。西洋人一毫一厘之差，都要寻根究底，中国人一毫与一厘无别，一分也与一厘无别。这就是精神不好。你那天那件二十块钱衣服，还不是给裁缝马马虎虎做坏了吗？我早就叫你先试样，像做西装一样，试好了样，再比比看看宽窄长短领口大小，肩腋宽紧，铺的平平直直，然后去裁去缝，万无一误。可是中国裁缝，万古相传，就是不肯改良，有时二三十圆一件衣服，给那裁缝裁坏了，悔之已晚，和他生气也无用。他肯试样，我肯多花四毛工钱，但是他嫌麻烦，——简直就不理我。原因呢？他三代祖宗做裁缝就没听见过试样两字，那里敢违背家传祖训呢？

柳夫人：这话固然是，也有不尽然。我想是时代不同而已。你意思说西人精益求精，我们向来没有自来水，所以水龙头做不好。若中国印泥，何尝不精益求精？但是有一件。我们生在现代，见古人所未见，闻古人所未闻，若肯平心静气算算西人的好处，倒可以得了不少学问。若单谈什么国粹，趾高气扬，欺人自欺，终必灭亡。我们比西洋人长处固然多，西洋人比我们强处，也真不少。我不是讲什么社会经济哲学那一套，是讲眼前人生，第一样西洋人就是放屁放的好。

柳、朱：……？

柳夫人：放屁就是礼貌，礼貌就是放屁。放屁无声叫做好，有声叫做不好，声愈小愈好，愈大愈不好。外国屁的声小，所以比我们好。外国人屁不乱放，中国人屁乱放。这是他们"礼"字比我们强。不但"礼"字强，"义""廉""耻"都强。说起来，他们的儒学，比我们精。据我看来，老子思想，才是东方特色，"知足常乐"也委实不错，若儒家道理，他们讲的比我们实在。

柳：别的不晓得，礼字我承认。

柳夫人：礼仪之邦！我们什么礼义？我问你，你到公司买物，是西洋伙计有礼呢？是中国伙计有礼呢？是外国司车有礼呢？是中国司车有礼呢？是外国司阍，外国巡警有礼呢？是中国司阍，中国巡警有礼呢？戏台买票，是中国人乱挤乱撞有礼呢？是西洋人排队顺序而来有礼呢？我们自称知礼，骂人夷狄，真不害臊。中国人所讲的礼，都是对上司磕头、对祖宗跪拜、对亲友联欢之礼。若是一则非上司，二则非亲非戚，据我看来，路人皆当仇敌，同车即是冤家。

朱：你也言过其实了。外国人到处亲吻，路上也吻，车上也吻，月台上也吻，戏台上也吻，夫与妻吻，父与女吻，母与子吻，这成什么礼？

柳：你也未免太酸了。

柳夫人：这正是中国所言之礼，什么"男女授受不亲，礼也"，古来就是这一套。其实就我看来，礼之精义，广而大之，就是讲整个社会的秩序，而社会秩序，由邻屋住家，到公共场所、医院戏台、博物院、图书馆，甚到茅厕便所，都是西洋比我国好。怎么水到现在还没开？（柳夫人跑去看，原来他们只顾谈，烘炉上的火已快灭了。柳夫人用铁箸夹两块炭加上，一面用芭蕉扇扇炉，一面谈下去。）马上就开了。

朱：还是我来吧。今天我要行外国礼了。中国男子实在太舒服了。……你去吧。叫说书先生扇炉子是不大好意思。你讲下去。

柳夫人（跑回原座）：我说的就是一句话，大家凭良心讲。若是说我们文明，应该我们要人跑到国外，可以教教洋鬼子知礼，由我们学点礼貌，怎么反常自己闹出笑话呢？

朱（也就座）：那末还有三件呢？

柳夫人：其次是义。义者宜也。样样事物上轨道，人人得尽其才以应世，尽其才后，人人可得合理的酬报，不必使什么鬼蜮伎俩，这叫做有义的社会。你说是中国人人得尽其才呢，还是西洋呢？是中国国家以才用人呢，是外国国家以才用人呢？工程师当县长，牙科医生主教育，宜在那里，义在那里？这倒也罢了，工程师若真有才治事，当当县长，办办教育，原也没有什么不可以，不可过于拘牵，世人真才未必在其专长所学，只怕是当县长并不是治事真才，而是由狗洞钻营出来的。不然中国何以这么一团糟？……"廉"字更不必说了。水开了，我来！（她一面冲茶，一面讲下去。）
你要到外国去找一部《官场现形记》材料，虽然也有，恐怕
没有中国出色，叫你随拾即是吧？其实也不是外国清官特别
多，只是人家有王法，咱们无王法，外国贪官尽管营私舞弊，
不过一旦找出来，是要受法律制裁，受社会制裁的。咱们老
大中华的百姓看见一个贪官，还要给他磕头，说声："老爷，
我给你做门房马弁吧！"若有贪官受弹劾，其中总有蹊跷，
不是油水不匀，便是藉端抱怨，谁是为公来？《二十年来目
睹之怪现状》中之苟才你是认得的。外国贪官腰包虽然装，
都替国家做点事，咱们的狗官不要说腰包装满了，临走时，
衙门前的石狮子不给你搬回家去点缀他的别墅，你就侥幸！
我不敢望中国的官不贪，所求于中国官吏者，私也营，弊也舞，
只要国家事也做出来，如此已不可多得。中国只要多出几个
贪污而也替国家做事的老爷，老百姓就要感恩戴德。"耻"
字原来比"廉"字要紧，有耻便有廉，不过字义广一点。你
想中国人脸皮厚呢？外国人脸皮厚呢？今天世界的国家，那
一个不争气？日本五十年前就争气，苏俄二十年前就争气，
土耳其也争气，意大利也争气，就是亚比新尼亚也争气。偏
偏只有一国不争气，不要脸，不但彼虎我羊，抑且羊皆附虎，
而且要假虎威耀武一下……喝杯茶吧。

（《宇宙风》第 2 期，1935 年 10 月 1 日）

再谈螺丝钉

那晚朱先生在柳家谈后，步月归来，满腔悲愤。第三日晚饭后，又到沧浪亭来了。

朱：水龙头换好了没有？

柳夫人：你又来水龙头了！

朱：我不是又来水龙头，我是又来亲聆你的螺丝钉高论。

柳夫人：螺丝钉还有什么可谈？我不过瞎扯瞎拉罢了。我只会歪缠而已。你还不记得前晚我们谈得大家无趣，不欢而散？也许今晚又要歪缠得你哭出来！

朱：我不怕。你尽管歪缠下去吧！我决不哭！

柳（梦中惊醒）：哭什么？

朱：哭中国礼义廉耻不如人。

柳：老朱也未免太多情了。

柳夫人：我只哄他玩。他叫我再谈螺丝钉。我看他上回谈到一半眼眶儿就红了，今天还要来，害臊不害臊？其实我们乡居夕话，不像人家做八股，本无起承转伏，连我也不知要谈向那里去。谁保得住？我要说到那里就算那里。我想谈得叫人哭也不好，叫人笑也不好。最好是谈得人家心头痒痒难过，哭不得，笑不得，才算上乘。

柳（点头称善）：痒。字用得好。原来世上最快乐之事莫过于搔痒。此道理唯圣人能知之。以前我有过"香港脚"（Hong Kong foot），足趾痒得难过，晚上倒一盆热水烫脚丫，此中乐境不足为外人道也。那个适意真可以叫你销魂，叫爹叫娘起来。可惜现在脚病也好了，有时想再享这种艳福而不可得之矣！夫痒之妙，在于搔，愈搔愈痒，留个味儿，叫你又难过，又好受……

柳夫人：老实说，古昔先贤立言，得传于世，皆因搔着痒处而已。圣人者，先得我心之所同痒者也。比如我喜庄生某句，便是庄生替我搔痒，我喜杜诗某首，亦仅是杜甫替我搔痒。至于抄袭章句之辈，未能搔着痒处，只算"隔靴"。

朱：那末请尊夫人给我搔搔痒好不好？

柳夫人：可以是可以，只不要搔着痒处喊出来，才是君子。

朱：你搔吧！我有勇气！

柳：夫人，你也给我搔搔痒吧！

柳夫人：我给老朱搔，不给你搔。你还是瞌睡吧！

柳：我睡偏不瞌！此刻也不困了。你讲吧。

柳夫人：那里讲起？当真还讲螺丝钉吗？

柳：为什么不？

柳夫人：好，就讲螺丝钉与法律。原来这螺丝钉之发明，说难也难，说容易也容易。我们总怪西人工业何以如此之精，而不知西人所以如此者，有利可图也。国家有发明法专利法的保护，器精而发财，不精则不发财，试问精乎，不精乎？当然要精。螺丝钉是英国一家人家发明的，因这个发明，那家平地发了几百万，到现在那家子孙还坐享余荫。中国人发明一个螺丝钉，马上就有人仿冒；你除了骂仿冒的人为"男盗女娼，乌龟王八蛋"外，还有什么法子？这骂人"男盗女娼"，也不过骂个高兴出气而已，难道人家就不仿冒，犹上海女人骂人"杀千刀"，那被骂的就真正死于千刀之下吗？我们是没有法治之国，只有人治；也可说是"君子国"，可是有君子，必有盗娼，也必有乌龟王八蛋。君子愈多，男盗女娼也愈盛。结果吃亏的是君子，发财的是盗娼。

朱：螺丝钉现在谁也可制造，还是那家把持的吗？

柳：是这样的。现在那发明权已过期而属于公有了，可是他家财也发够了。

柳夫人：可不是吗？我听说美国有人发明妇女所用的曲线压发针（hairpin），也成了巨富。原来妇女用的压发针都是直的，那位发明家一天看见他太太把针先折弯了，再插头上，他问他太太："何以如此？"他太太说："这样一弯，就不容易落下来。""好了，"他说，"我财神到了！"他马上去注册专利，而财也只好让他发。你想国家法律这样保护工业的发明，怎样不蒸蒸日上呢？

朱：你所说的固然是。外国工业发达由于法律的保护，及在法律保护之下，大家竞争谋利。不过有时也竞争的好笑。

你看汽车一年出一新式，你也发明，我也发明，大家角逐，只因不如此不足以号召。大家用老牌，谁肯买新车？其实家家都造得好，这里加一个螺丝钉，那里加一个点烟具，都是行所无事。不但汽车如此，抽水马桶、牙膏、牙刷都是如此。难道造牙膏也要什么大发明吗？抽水马桶，你也一式，我也一式，还不是大同小异吗？

柳夫人：这个自然。人家过，而我不及。人家行所无事的发明，而我们只抱残守缺。原因呢，就是没有法律。中国人没有法治，只请出一个乌龟来，你想乌龟果然有灵吗？中国人太好讲仁义道德，天理良心，连这种法律上的事，也以"天理良心""我是正人""你是乌龟"了之。

朱：听说现在上海三马路还有一家店铺，外悬着一块大乌龟招牌。

柳夫人：这实在太可怜了。你可骂人家乌龟，人家就不会骂你乌龟蛋？大家争吵起来，你骂我"男盗"，我骂你"女娼"，这是东方君子国之文明。其实这只是法治与人治之不同。

朱：上回你讲礼义廉耻，似是新式儒家，今天又像法家了。

柳夫人：儒也好，法也好，我只知道，欲行儒道，必先行法。欲国家有礼义廉耻，必将不礼不义不廉不耻者下狱枪毙。单谈仁义道德是无用的。人家不肯廉，无羞耻，你能奈他何？你说我是法家，我也承认，我恨儒家道德仁义之谈。咱们中国人开口"良心"，闭口"廉耻"，而丧廉寡耻之事比外国多。拿毛厕来讲，咱们中国毛厕总是写个"君子自重"四字，然而你相信这四个字便叫人真能自重吗？还不如"如违送捕"

四字来的有力。"君子自重"的毛厕便是儒家的毛厕,"如违送捕"的毛厕便是法家的毛厕。你想是法家毛厕整洁呢,是儒家毛厕整洁呢?我想中国这个国家就像儒家毛厕,到处墙壁上看见贴两字"君子",而一个君子影儿也不见,只有满坑的秽气触鼻。西洋国家就像法家毛厕。你说君子自重,大家不自重,你能奈之何?

朱:原来你是个毛厕法家。

柳夫人:是的,庄子说的好,"道在矢溺,矢溺不能见道,其道非道"。讲到"良心",更笑话极了。雍正皇帝批上谕,不说"你违某条法律",却说:"你没良心,该斩!"而结果雍正杀人最多。因为良心这个东西,本来无从捉摸。法有明文,而良心可任意解释。秦桧说他凭"良心"卖国事虏,你那里去同他争是非?你想大马路汽车行走,是凭红绿灯的"法"好呢,是凭各车夫之"良心"为凭好呢?西洋人汽车出事,开口骂来是:"你这个傻瓜,你没看见红灯在前吗?"或是"你怎么在右边走?你违法,叫你赔损失!"中国人开口骂来是:"猪猡!你良心到那里去了!"你想,没有红绿灯,听两个车夫在大马路抛球场评论彼此的良心,危险不危险?等他们俩把各个的"良心"研究出来,自从日升楼到外滩就要挤的水泄不通了。原来世间道理,各有其时,韩非说的好,不可以缓世之政治急世之民。以前两个小车夫在田陌间相遇,大家问问早安,互相礼让,或左或右,各凭良心,都无不可,若在大马路汽车行走凭这个老法,结果必一团糟。以此治市则市乱,以此治国则国乱。以孔孟之道行于尧舜之世击壤而歌之民，是可以的；在现在汽车飞机盛行的"急世"而不助之以法，是要失败的。

朱：你说中国丧廉寡耻之事比外国多，是不是中国人道德比外国人坏呢？礼义廉耻就可以不讲吗？

柳夫人：正正不是。世人生来本无两样。中国官僚爱钱，难道外国官僚就不爱钱吗？礼义廉耻，不是不可以讲，但是单讲是没用的。纽约市政府的黑幕才叫你触目惊心。哈丁总统任下的政府，丑史秽闻，罄竹难书。然而此中有个分别：咱们是君子国，专讲礼义廉耻，人家是小人国，不讲礼义廉耻，单讲法律。人家是有王法的。哈丁任内贿赂横行，然而美国人民并不向华盛顿衮衮诸公说仁说义，只用法律裁判。结果把一个七十老翁的部长审出罪状下狱。此位老翁不幸，你说；但是这至少证明美国国家还有个王法。中国的部长，你试捕一个下狱给我看看。就是人家不讲廉耻，所以还有廉耻，我们专讲廉耻，所以廉耻扫地。

柳：你知道，我们中国为什么专讲礼义廉耻呢？

朱：因为儒教？

柳：并不是。因为礼义廉耻谈来很便宜。比方说，有官僚对你讲"礼义廉耻很好"，老百姓自然也说："礼义廉耻很好。"谈起来与人无损，于己有益，又可博关心风化之美名，又不伤人感情，又不费钱。但是比方那官僚不讲廉耻而讲法治，老百姓说："好！我们就依法起诉，在法庭上与你算算账，请你坐狱。"那还了得！此礼义廉耻之谈之所以风行一时也。所以道德仁义之谈不止，民之蟊贼不死。

柳夫人：我也是这样想。孔夫子叫君子治国，所以我们也把官僚真正当君子看待，绝不加以法律的制裁。西人不讲君子治国，所以把官僚当凶犯看待，时时绳之以法律，恫之以监狱，防之以舆论，动不动就要弹劾，把他送入牢狱去。西人是相信韩非的话，不期使人为善，只期使人不敢为恶。我想这就够了。我们遇了清官廉吏，给他竖立牌坊，表扬德政；遇了贪官污吏，却不把他送入监牢。西人遇了贪官污吏，给他送入监牢，而遇了清官廉吏，却不给他竖立牌坊。这是法家与儒家之不同，也是人治与法治之不同。西洋天下就是法家的天下。其实世上善人少，恶人多，东西原无二理。我们把官僚当君子看待，一概听其"良心"，爱民也"良心"，征税也"良心"，占你的田奸你的姊也"良心"，结果只有一成廉洁自守，却有九成的民贼；西方把官僚当民贼看待，不讲"良心"，只讲法律，结果有一成是民贼，却有九成像煞君子。这是东方西方政治之不同。你说"像煞"不够，我说"像煞"就够了。中国政府能办到像外国"像煞"廉洁一样，已经是太平之世了。日本政府何尝没出过贿赂大案，但是中国政府能办到如日本"像煞"廉洁地步，也就委实不错了。

柳：你也路跑得太远了。大家叫你谈螺丝钉你说什么东西政治。你到底搔着痒处没有？难过是有的，好受则未也。

柳夫人：别忙。我来搔。老朱不是笑我为毛厕法家吗？其实吾道一以贯之。无论是螺丝钉，是毛厕，是政府，是人民，都是一样。有法治便好，无法治便坏。我们也不必太过悲愤，妄自菲薄，陷于绝望。我是这样梦想一个太平的中国的。在这样的法治的国家，螺丝钉也好了，毛厕也好了，人也容易做了。人家说我们中国人道德不好，我却说我们中国法律不好；法律好了，道德也就好。人家说我们苟且偷安，消沉畏葸，我说这都不是我们生成这样个坏根性，是因为没有法律保护，不得不苟且偷安消沉畏葸。我们此刻做人太难了。人命本来就如狗命。在中国社会做事，不久就学出卑污苟贱，才能生存，若有英雄侠骨，必被社会磨折而死。剩下来只有给人舔屁股的顺民。就是想，在有法治的国家，做人也可以容易一点，品格可以高贵一点。我是梦想这样一个新国家的自由国民，大家在法律范围之内，可以大开其口，大挥其笔，大展其才，大做其事，只要不犯法，谁也不能动我一根头发。那一个狗官干我自由，侵我的田，奸我的妹，我马上可告他，不必托人讲面求情，而有胜诉之希望。这样一来，民气自然由消沉而积极，由懦弱而倔强，由畏葸而勇毅，由散漫而团结，由苟贱而高贵，由衰老而少年。那里像此刻这样求生不得，求死未能，专舔人家的屁股呢？你要不要这样一个新国家的积极的、倔强的、勇毅的、团结的、高贵的少年民族？

　　朱：我有点难过，也有点好受了。柳夫人，我痒搔着了。

（《宇宙风》第 4 期，1935 年 11 月 1 日）

三谈螺丝钉

朱：水龙头换好了没有？

柳夫人：你到底是来喝茶，还是来问候水龙头？你不会自己去瞧？

朱：我看你那样得意，不瞧也罢，水龙头定占然勿药了。

柳夫人：可不是呢，水龙头无恙了！

朱：那你必定又在恨洋鬼子了。

柳夫人：说着玩吧。若当真要恨，那还恨得完吗？

朱：我记得，你说他们螺丝钉也比我们好，一恨也；礼貌规矩也比我们好，二恨也；守义也比我们好……

柳（在梦中喃喃）：三恨也。君子有三恨，也就够了。

柳夫人：那不行，底下还有廉、耻、合螺丝钉、礼、义，不是有五恨了吗？

柳：你自己忘记，还有洋鬼子法律比我们好，不是六恨吗？

柳夫人：六恨就由他六恨。什么君子有三乐，君子有三畏，这都是随口说说。袁子才看见"下论"专做这种八股,什么三乐,三畏,三戒,三愆,三友,三变,所以疑心下论不甚靠得住,他说上论是好的,脱口而出,语得天然。上论是小品文,下论是八股文,先算好一,二,三,再下笔的。其实三乐三畏,都是文人腔调。难道君子真正只有三乐三畏吗?孟子所谓父母俱存,兄弟无故,仰不愧于天,俯不怍于人,得天下英才而教育之,固然可乐,浴乎沂,风乎舞雩,岂不就是四乐?闻人歌,使人和之,岂不是五乐?有过人必告之,岂不是六乐?吃栗子,啖花生,岂不是七乐……

　　柳:珠娘,你发痴了……

　　柳夫人:有过,被丈夫骂,岂不是八乐?同老朱谈螺丝钉,岂不是九乐?

　　朱:君子也有九畏吗?

　　柳夫人:畏天命,畏大人,畏圣人之言,畏老婆,畏普罗,畏庸医,畏穷酸秀才,畏衙门司阍,畏武人爱国通电。一,二,三,四,五,六,七,八,九,九畏全有了。

　　朱:那末,你也有九恨了?

　　柳夫人:九九八十一都可以。原来君子有九思,就是三三如九,再求平方,就是九九八十一。你要做下论八股文章,说三恨,九恨,八十一恨都可以。真正要算西洋人可恨而又可佩服之处,恐怕不止百恨,就可以做一篇百恨歌。

　　柳:像你那样说法,西洋人放屁也比我们强,毛厕也比我们强,恐怕千恨歌也不难做。

　　柳夫人:圣人教人见微知著,就是叫人不要心好大,由小及大，由迩及远。大家开口仁义，闭口礼智，你说中国强，也一说，他说外国强，也一说。若教取眼前，抓住毛厕一端，则其优劣立见，不容你强辩了。文明两字那种题目，范围广大，捉摸不定，还是脚踏实地，一样一样算去，高下就立见了。

柳：不过不要失之于繁琐就是了。

柳夫人：百恨是什么，让我随口道来⋯⋯

柳：你一张利口真可覆邦家。我读了五十年书，今日才明白，妇人四德，只要三德便够——"妇言"实在不必教，自己就会的。

柳夫人：夫子错矣！四德所谓"妇言"，是教妇人不说话，不是教妇人说话。所以妇德妇容妇工我都学得来，就是妇言我万世学不来。

柳：你看见过古今中外有一个妇人不说话的吗？

柳夫人：真真岂有此理。为什么没有"夫言"，只有"妇言"？"百恨"你不让我算，我便不算，让你们天下男子去算。

柳：不是不教你算，是教你不要重复琐碎。我说一个笑话给你听。有一个美国人到英国赴茶会，女仆上来问他："茶呢？咖啡呢？芝哥力呢？"他答："茶。"女仆又问；"锡仑（茶）呢？詹美克（茶）呢？中国（茶）呢？"他答："锡仑。"女仆又问："柠檬呢？牛奶呢？奶浆呢？"他答："柠檬。"女仆又问："热呢？凉呢？冰呢？"美国人闻言登时晕过去。这样你算算，吃杯茶也有九九八十一花样。

柳夫人：这有何难？人家说扬州茶馆有廿四种点心。让我开一茶馆，我就有七十二种春卷。

一、鸡肉，香菰笋。

二、鸡肉，虾仁，笋。

三、鸡肉，虾仁，香菰。

四、蟹肉，虾仁，香菰……

柳：五、蟹肉，鸡肉，虾仁。

六、蟹肉，鸡肉，笋。

七、蟹肉，鸡肉，笋，香菰。

朱：嚼舌头，鸡肉，笋。

柳夫人：猪肉，猪蹄，猪鼻，笋。

朱：牛母肉，牛母舌头，笋。

柳夫人：牛肉不比猪肉好吃。

朱：不见得，牛舌头很有名的。西洋大餐有牛舌汤。

柳夫人：不来了。

朱：牛舌其味甚甘。请你讲下去吧。

柳夫人：他叫我不重复，也可以。广而大之，百恨千恨都算得出来，约而言之，也很容易。五十年前中国人就知道西洋战舰枪炮比中国好，三十年前我们才知道西洋政制比中国好，二十年前才知道西洋文学哲学学术比中国好，现在大家才慢慢承认西洋人礼义廉耻社会秩序也比中国好。这里头拆开来讲，百恨千恨就都有了。大家说中国伟大，中国民族如果真正伟大，就不要讳疾忌医，真心诚意，见贤思齐，不耻下问，有容人之雅量，学学西洋人的好处。随便谈谈一二样。譬如中国音乐有乐调（melody）而无音和（harmony），这谁也不能否认。你说是株守成法好呢？是借他山之石，自己发展，创造出来中国音乐的音和，配旧有之乐调，又利用西洋的乐器，如大弦琴 Cello 之类，增加其音阶范围好呢？只要有创造的精神，何事不可辟出蹊径，发扬光大固有之文明？兹再举几个例：

（2）西洋校勘学比中国校勘学精。

（3）外国书校对比中国精。

（4）外国报纸以新闻为本位，以广告为附庸，中国报纸以广告为本位，以新闻为附庸。

（5）西洋传记学，比中国传记好。单举三派：Boswell，Morley，Strachey，都是中国所无的。

（6）外国百科全书体例，中国尚未梦想到。

（7）外国母鸡有一年生三百粒蛋的鸡种。

（8）外国人有容人之雅量，见贤思齐，中国人刻薄，见贤思妒（与工业文明无与）。

（9）外国文化比较懂得小孩心理。

（10）外国人守时间。

（11）外国人比中国人清洁（手艺文明人也未尝不可重清洁）。

（12）外国贪官替社会做事，中国贪官不。

（13）外国人能解放黑奴，中国人有买卖仆婢制度。

（14）外国第五流政客才干学问精力抵得过中国第一流政客。

（15）外国人爽直，中国人重虚套。因此——

（16）外国办事快，中国办事慢。

（17）外国现代文明近人情，中国文明虚矫道学。

（18）外国老人有英迈之气，中国少年有衰老之相。

（19）外国医院管理比中国好。

（20）外国有博物院，中国向来无之。

（21）外国有公共图书馆，中国向来无之。

（22）外国书出得比中国多，范围广，内容富。

（23）外国舟车上秩序比中国好。

（24）外国丧礼简朴严肃，中国丧礼繁杂滑稽。

（25）外国兵拿得到薪水，中国兵拿不到。

（26）中国人当巡捕，被外国人训练出来便神气。

（27）外国人打仗比中国人勇敢。

（28）几十个外国人在殖民地，就能成立一个工部局，几十个中国学生或华侨同在一城，未有不分为两个对立的"学生会"等。

（29）中国刊物流行匿名骂人，外国编辑不登此种稿件。

（30）外国乞丐告地状，所写的是格言，劝人上进，乐观，有供有取，中国乞丐以烂疮触人目。

（31）上海改良洋车夫生活，外人最热心，讨论最活泼，中国人组织团体，阻挠此事，社会漠视之。

（32）外国人办赈灾有良心，中国灾官视为发财捷径。

（33）日本轮船驶往伦敦亨堡等埠，中国出一个招商局。

（34）太古轮船起货卸货比中国轮船快，船期比中国准。（此系精神上问题，又与机器无与。）

（35）外国领事保护外侨利益，中国华侨少受领事帮忙。

（36）轮船失事，戏院失火，外国比中国秩序好。

（37）外国救火队管理比中国救火队行。

（38）外国店伙计比中国伙计有礼。

（39）外国电报比中国电报快。

（40）外国学堂不欠薪，中国学堂欠薪；外国学生比中国学生尊师敬长；外国教授比中国教授用功；外国学堂不发见手枪；外国校长普通是个德学兼优的长者。

（41）外国司阍没有中国司阍势利。

（42）外国电灯，自来水，汽车好。

（43）洋人监督之海关盐务解与中国政府税入多。

（44）洋人管理的海关邮政对职员待遇好，比较讲成绩，比较不讲私情，办事人较安心。

（45）中国皮匠皮鞋做不过外国人。

（46）外国胭脂比中国胭脂好。

（47）外国学术界多创作精神，家法之谨严，思想之丰富，皆远超过中国。

（48）外国武人只是军官，中国武人是山皇帝。

（49）外国治安比中国好。

（50）外国司法比中国好。

这已有半百了。那里讲得完呢？总而言之，外国强，中国弱，你能说只是器械之精、螺丝钉之巧，你能说只是物质文明工业文明吗？居今之世，闻古人所未闻，见古人所未见，好学者，自然深思，不好学者，也不免深思以求其故。若还以为中国道德文明胜于西洋，不闭门思过、发愤图强，那末，中国真真不可救药了。

（《宇宙风》第 5 期，1935 年 11 月 16 日）

四谈螺丝钉

朱先生刚跨入柳家，就听见他们夫妇俩争辩之声，以为出了什么事了，连忙拔起脚往里跑，要做个和事老。

"你别哄我。专门说这种欺人的话！"他听见柳夫人气愤愤的说。

"谁来哄你？你自己听错了……"柳先生答道。

"罢了，罢了，什么事啦？也可以好好的讲。"朱先生走上来向他们两人讲。

柳夫人：喏，他说杏仁之仁字，作心字解，典出《金楼子》，《金楼子》我是没看过的。这不是明白恘人吗？后来我跟他辩，他才说，他刚才说的，不是"天下杏仁"，是说"天下兴仁"。

柳：老朱，请你公平一下。我的话对不对？你想杏仁何以叫做仁呢？我说仁字有"心"义，并引"仁，人心也"为证。她说也不见得，"虾仁"不见得是虾心。我说虾仁是去虾之外壳，明指与虾之外表相对。她说："那末，'井有仁焉'也必定是说井里有虾仁了。"请你评评，是她怄我呢？是我怄她呢？

朱：我以为什么事。这种小事，也值得吵，邻家都听得见。

柳：原来我批评她的人治法治论，她就有点不服。我说人治法治并没有什么大不同，她说有。我说她是法家，她也一口咬定她是法家，我便拿出道家的话来压她。

柳夫人：他在做爱国者呢，看见我把中国礼义廉耻批评得不值一文，遂托出一个"仁"字来强辩。你听他讲，听他替东方文明作辩士。我早就说东方思想之特征不在儒，而在道，所以他要和我辩，就不得不讲"仁"了。

朱：怎么一回事？连我都听糊涂了。老子说"绝仁弃义"，"大道废，有仁义"，是很看不起仁。"仁"字是儒家的拿手好戏，怎么变成道家的遗产了？

柳夫人：是这样的。孔二先生老是说仁，但总说不出一个仁的影儿来，让人捉摸不定，"瞻之在前，忽焉在后"。颜渊问仁，孔子说："一日克己复礼，天下归仁焉，为仁由己，而由人乎哉？"等到颜渊请问其目，孔子答的却不是仁之本身，而是礼了，（"非礼勿视，非礼勿听……"）这叫人怎么办呢？仲弓问仁，孔子说的又是礼，"出门如见大宾，使民如承大祭……"推敲其用"仁"字，是与知相反，是主静的，主安的，故有"仁者静"，"仁者安仁"，"天下归仁"，"君子无终食之间违仁"，仁可以归，可以违，可以安，是静不是动，而这静不就是道家本色吗？

柳：珠娘这些话说的不错。请夫人不必生气，我们好好的讲。原来孔子就是道家。

朱：什么？

柳：我说孔子就是道家，至少得了道家一脉。不是道家，他就不讲人治了。所以我要替人治辩一下，不得不托出一个仁字来。我老实不是替东方文化辩，想做一爱国者。要真正批评东西文化，非先看准仁字一字不可。仁者何？叫人做人而已，那一个文化叫人做人，做得像样，做得安乐，便是好的文化。什么科学、哲学、宗教、发明、改良、进步，都是余事。人生之目的是快活，不是进化。你要批评东西文化，就得先把这个标准拿定。老老实实我们礼义廉耻都不如外国人，只有在叫人做人道理，有点意思。也不是只有中国人懂得做人道理，中国人礼义廉耻输与人，根本就做人做不大像样。但是此有所短，彼有所长，儒有所短，道有所长。儒家专谈的是居丧年月，棺椁尺寸，早已笑痛墨翟和庄周的肚皮。若说这是儒家的精义呢，那末儒家该死。但是幸而儒家尚有个仁字，不过讲得含糊罢了。可是这仁字终究成为儒家最高的理想，犹如《礼运·大同》终究成为儒家的政治理想。不过仁也说了，大同也说了，但总是悬空的，实际上儒家所行的是小康，不是大同，是礼不是仁。所以我于儒家之儒，认为小人儒，于儒家之道，才认为君子儒。实际上讲礼的多，讲仁的少，所以我也看不大起儒家了。儒家之唯一好处，就是儒教中之一脉道教思想。孔子之伟大就是因为他是超乎儒教的道家。

朱：你刚才说孔子是道家，这怎么说法？

柳：孔子一个人跟我们一样，有时想入世，有时想出世，有时想干一下，有时想乘槎浮于海。你想孔老先生坐一张木筏在东海漂流，乘风破浪，随其所之，不是彻底一个道家吗？孔子乘槎过大海，老子骑青牛过函谷关，其中有什么分别？四十而不惑，五十而知天命，这不是道家吗？六十而耳顺，这不是养生要诀吗？七十而从心所欲不逾矩，这不是可做天台山道士骑鹤羽化而登仙吗？假使孔子生于今日，目观这个乱世，丧土辱国，假使他不是个修养十足炉火纯青的道士请问他的耳朵顺不顺，能一点不生气吗？天命之谓性，率性之谓道，这"率性"两字怎解？不是道家思想是什么？这"命"字怎解，"性"字怎解，"道"字怎解？

朱：依你这样讲，孔子、曾子、子思都是儒家兼道家之流了，诸葛孔明也是道家兼儒家了。

柳：正是。我想中国人生下来就是一个道家。有时候展出治国经纶，暂做儒家，可是骨子里还是道家，一旦无法对应，尿就甜了，下野归田，优游林下。所以中国人在朝时都是儒家，在野时都是道家；成功时都是儒家，失败时都是道家；幸福人都是儒家，穷苦人都是道家。道家再进一步，病入膏肓，就变成佛家，穷苦而至于无告，忍无可忍，不是投河，就是出家。所以富者为儒，穷者为道，穷得不得了者为释。管事时为儒，不管事时为道，事真管不了就去做和尚。中国人之神经专靠这道家道理节制调摄，揖让之余，也得来一下优游林下，不然一天揖让到晚，一定发狂。所以中国好的诗文，都是道家思想，都是叙田园林泉之乐，假如一天到晚念那些狗屁不通的经济文章，歌功颂德，中国整个民族要进疯人院了。

这是道家思想对中国文化之遗赐。

柳夫人：但这与中西文化何关？我还是说中国人命如狗命，人还是在西洋国度做得像样，做得高贵。

柳：我刚才是跟你怄气。你说西洋国度，人做得像样，我也承认；人家一脚把西人踏在地上，西人不滚在地上叫敌人爸爸，我也承认。

柳夫人：那不是明明因为人权有法律的保护吗？

柳：这话我也承认。不过有利便有弊。外人刚强，华人柔弱；外人进取，华人安分；外人动，华人静；外人阳，华人阴；外人是火做的，华人是水做的。我问你一句话：假定你未出阁，你要嫁给洋人呢？要嫁给华人呢？

柳夫人：当然嫁给华人。

柳：这就是我的意思。有东方丈夫，有西方丈夫，这东方丈夫就是东方文明之结晶，西方丈夫就是西方文明之结晶。假定我未婚，也是想娶中国女子，不娶西洋女子。这为什么呢？也不尽在于饮食居室之不同。抽象言之，中国丈夫属于西洋丈夫吗？中国太太属于外国太太吗？这是中西文化最后的标准，看他教出的人是怎样。我总觉得中国人温柔忠厚明理一点。中国国势弱于日本，也是事实，但是个人并不坏于日本人。这个个人就是文化最后的目的。

柳夫人：我想文化最后的标准，是看他教人在世上活的痛快不痛快。活的痛快便是文化好，活的不痛快，便是文化不好。

柳：像中国的陶渊明那样恬淡自甘的生活，中国文化能养出一个陶渊明，你能说中国文化不好吗？能养出一个夜游赤壁的苏东坡，你能说中国文化不好吗？

朱：你可别让普罗听见，要说你落伍了。

柳夫人：那些拾人牙慧未学做人的人你别管他了。他们会的是挂狗领，打领结，唱哈尔滨时调，做欧化散文。陶渊明"鸡鸣桑树巅""采菊东篱下"的生活，据说并非大众的农民的生活，而《赤壁赋》"江上之清风与山中之明月"是资本阶级才有的。普罗不要人家赏菊，只要人家吃芝古力糖。菊花中国所有，所以一赏就是落伍，芝古力糖出自西洋，共女学生食之就是革命。我看他们的灵魂不是臭铜坯做的就是芝古力糖做的。黄金黄金，一切是黄金。不是黄金就不值钱。

柳：普罗作家是什么，就是穷酸秀才之变相。听他罢了。现代中国人，酸的厉害，本来就是神经变态。听见两句笑话，就想亡国。真是劳伦斯所谓"半卵"之流亚，自刭于沟渎，可也。所以我要讲仁。意思是讲讲做人的道理，希望做人也要健全一点。

朱：仁字怎么讲？

柳：仁字向来最难解，也最浅显。据我看来，仁就是做人而已，所以浅显；可是"人"是什么东西，没人知道，所以不能解。你看孔子说"天下归仁""三月不违仁"，孟子说"居仁由义"，这讲得何等玄妙？怎么叫做"居"？怎么叫做"归"？怎么叫做"不违"？"不违"时是怎样？"违"时是怎样？这显然是讲一种得人情之正的境界。居于此种境界，叫做"居仁"。后来孟子把他分出恻隐、羞恶、辞让、是非之心。恻隐只是仁爱，合四者才是仁之广义。不然"回也其心三月不违仁，其余则日月至焉而已矣"那里讲得通呢？老子所看不起的，也是王莽一流人之假仁假义，不是做人的道理。希腊文化之理想是"达才"，故称人生之理想为得达其才（The exercise of one's Powers in their lines of excellence），中国文化之理论是达情。这达情的境界是难做到的。为什么难做到呢？……

柳夫人：我知道了。

柳：你知道什么？

柳夫人：一贯。

柳：好！人总是矛盾，破碎。谁能抱一，守一，就能一贯。现代人就像一面破镜，原来一物，照到镜里影就乱，或是像一架破琴，发出的是沙沙的哑声。欲音声韵和，必先自身调和。由破碎达到完整，由矛盾达到调和，这就是仁的境界。道家归真返朴，也是一条路，儒家应世，救得人情之正，也是一条路，相差无几了。

柳夫人：好，你把儒道合一了。不过我心中还有一点缺憾。

柳：什么？

柳夫人：你把法家丢开了。

柳：毛厕法家，你也太强项了！

柳夫人：你要合儒道，我要合儒道法。儒道二家只能滋阴，法家才能补阳。以西人之法补东方之儒道，这样的世界做人可真就有意思了。

柳：和尚那里去了？

柳夫人：和尚是人类的赘瘤。在家人不生和尚，和尚早就灭种。若是生育得太多，让几个去做做和尚也无妨。就好比一人有十个指头，有一指残废，或麻木不仁，也不碍事，你说是不是？

柳先生爱她极了，俯首吻她而不答。……

等他们吻完了，柳夫人忽然抬头看朱先生，怕难为情。

柳夫人：老朱怎么不见了？

朱先生已悄悄地走到大门口了。

第二天得老朱来一短札如下：

"珠娘老柳：昨夜岁月走访，贤伉俪一会儿吵，一会儿好，发乎辩而止乎吻，岂所谓得人情之正者欤？徘徊月下思之，皆因多长一张口耳。然两道两儒一法互吻，其势不能平，所以不辞而退者以此。弟将骑青牛去也。螺丝钉白。"

（《宇宙风》第 6 期，1935 年 12 月 1 日）

谈天足

　　新中有旧，旧中有新。倘若放开眼睛观看，旧人物中亦可看出极新的态度。若袁中郎之反对复古，主张今人说今话，其历史观点并不亚于胡适之。若俞正燮之反对缠足，赞成寡妇再嫁，其女性观念亦不亚于陈独秀。新中有旧，若戴传贤一派根本不必谈，然骂戴传贤者，固新中之新者矣，而崭然新中之新，仍含有我国文化遗产之极旧成分在焉。若单轨思想，若一道同风，若门户之见，若文人相轻等。我读此辈文章，若见江北老妈拉洋狗，扬州老妈穿高跟，若见人在新瓦片上烤西药，在电炉上煎人参。是诚吴稚晖所谓"咬牢了鸡巴，鸡腿都挽不动"者也。

　　吴稚晖之言曰："一道同风，就是钦定的反面。我国一道同风的观念，不但入了政界，咬牢了鸡巴，鸡腿挽不动。就在文学界，也是移动一毫，就要若丧考妣的伤感的。破坏统一之罪，在政界是顶大的罪名，在学界何尝不是呢？"

德谟克拉西倒霉，中国人之思想，缠了二千年的小脚，际此西洋思想输入之时刚似放了足，该是恢复一点先秦思想自由景象，朝着自由解放路开展下去。无奈二千年缠惯了脚，无形中还有"道统"二字留在脑后，排也排不动，割也割不清。由是皇室虽已灭亡，道统虽已失势，而钦定观念仍然在脑中作祟。打倒旧道统，又扶新道统出来，今日左右派思想，都有朕即国家之意，非把你的脚再缠上不可，于是所谓一道同风，也不过一道同脚臭气味而已。谁脚不同臭，便是乱臣贼子，秉笔直书，隐名刊出，而钦定了小阿斗之天下。

这也是时势使然，中国人相信德谟克拉西不深，敬道心不笃，深恶思想自由之老脾气不改。民国成立二十年，偏偏又狄克推多盛行欧西之时，这是如何合于中国人的老口味啊！于是政治上狄克推多，文学上、思想上亦欲来一狄克推多，一若曰不狄克推多便不摩登。西家倡文化统制，东家怒目视之，东家所作文章，字里行间，又何尝非欲狄其克而推其多？（语从俞正燮之"经了筵"，及蔡元培之"袈了裟"。）狄克推多固摩登矣，无奈其差儒家之立道统定一尊亦无几。此所谓新中有旧也。

夫所谓一道同风者何？乃必纳天下人之意见于自己的意见，纳天下人之议论于自己的法轨。有不就范者，则深恶之痛詈之，得意则叱咤风云腰斩之，不得意亦埋伏道路而暗射之。其名词则崭新娇新欲滴，曰曰曰云云云。夫曰曰曰云云云者，亦何异古人之最顽腐不堪陷思想生活于停滞圆寂之罢黜百家独专孔孟政策，亦何异西洋中世纪之狱囚天文学家？必欲天下人之耳目同一副面孔，天下人之思想同一副模样，而后称快。稍有说两三句心头话者，则名之为"吊诡谲奇"；稍稍放开两步闲游者，则名之曰"佻达不雅"；稍稍发两三行心中独见议论，则曰"离经叛道"。夫吊诡谲奇、佻达不雅、离经叛道，新思想乎？旧思想乎？

　　吾尝窃笑中国女子缠足，袁子才攻之不倒，李汝珍攻之不倒，俞正燮攻之又不倒，独高跟鞋攻之始倒，于是中国女子舍弓鞋而就高跟。论其作用，使女子臀部突出，步伐娉婷，使足大若小，身矮若长，弓鞋高跟，有以异乎？无以异也。此笠翁所谓"有底（高跟）则指尖向下而秃疑尖，无底由玉笋朝天而尖者似秃故也"。同是欲纤欲尖，而以高跟女子笑小足村妇，为理固未甚平。至西子、王嫱大足之美，则无人主张。惟其不能大足，故无"褰裳涉洧""褰裳涉溱"之脚力，亦无"子不我思，岂无他人"之勇气，惟坐在闺中，剔寒灯，滴泪水，眠冷衾，吟闺怨，骂薄幸郎而已。

　　然则男子似可笑高跟女子矣？却又未必。思想上缠足运动正在开展下去，甚为得势。弓鞋思想，虽已打倒，而高跟思想相继之而起。高跟思想，虽属舶来革履，以之笑弓鞋思想之国货，为理亦未甚平。

　　人有性灵，一道同风，谈何容易？一道同风，非桎梏性灵，使之就范不可，故此辈人必深恶性灵亦即深恶个人主义。其意似曰，脚非再缠起来不可，否则亡国灭种之祸立至。呜呼，其不信人类至此！其恶大足若此！

　　是故一道同风局面之促成，必端赖于单轨思想。单轨思想发生于单轨头脑，其直如矢，其世界极简单，其思想极固定。一有问题，用三两时行名词上去，果然天下太平，无复问题矣。社会中多此单轨头脑，则此种烂调易行，而一道同风亦易办到，行将见文学界又如白茅千里，不复有溪涧潭壑之胜矣。夫用夷变夏，吾亦不反对，惟衣夷之衣，言夷之言，而根性不改，以向之事夏者以事夷，则亦有何所取于解放？名为个个阿斗，实则个个顺民。

由单轨思想之集合而达到一道同风之局面，固然亦可称霸天下。无奈既然成了白茅千里世界，有时亦会对之生厌，而道风亦随之而变。思想分子既然简单，毫无弹性，于是从云从风，都无一定，去年鸡年，今年却是狗年，嫁鸡随鸡，嫁狗随狗，为人亦苦矣。虽然一呼百啸，院落似甚热闹，然略具弹性之思想，深思好学，肯竖起脊梁、立定脚跟之人，却寥寥无几。故热闹之后，归于寂寞，亦甚容易。

凑热闹，唱烂调，相呼应，立门户，鄙夷苍蝇，好谈宇宙，都是单轨思想之徽记。门户一立，惟知有彼此，不复知有是非，党其所同，而伐其所异，一有丝毫不同意见，就"若丧考妣的伤感"，加以"破坏统一"的"顶大罪名"，与前之崇孔卫道有以异乎？

江山可改，人性难移。吾不大相信人类进步，尤不相信数年之间，国民性便会改变。所以从前服从是美德，今日仍然服从是美德。幸今人不必太轻看古人，而古人泉下有知，看今日文坛似亦不至于如何自惭。

吾欲得苏州大姐七寸平底长鞋一双置之案头而玩赏之，

抚摩之，供奉之。若有西子、王嫱倩影入梦，则取此鞋而试之，合则奉为文字之神。

(《人间世》第 13 期，1934 年 10 月 5 日)

|谈 兴 致|

我的戒烟

　　凡吸烟的人，大部曾在一时糊涂，发过宏愿，立志戒烟，在相当期内与此烟魔，决一雌雄，到了十天半个月之后，才自醒悟过来。我有一次也走入歧途，忽然高兴戒烟起来，经过三星期之久，才受良心责备，悔悟前非。我赌咒着，再不颓唐，再不失检，要老老实实做吸烟的信徒，一直到老耄为止。到那时期，也许会听青年会、俭德会三姑六婆的妖言，把它戒绝，因为一人到此时候，总是神经薄弱，身不由主，难代负责。但是意志一日存在，是非一日明白时，决不会再受诱惑。因为经过此次的教训，我已十分明白，无端戒烟断绝我们魂灵的清福，这是一件亏负自己而无益于人的不道德行为。据英国生物化学名家夏尔登（Haldane）教授说，吸烟为人类有史以来最有影响于人类生活的四大发明之一。其余三大发明之中，记得有一件是接猴腺青春不老之新术。此是题外不提。

　　在那三星期中，我如何的昏迷，如何的懦弱，明知于自己的心身有益的一根小小香烟，就没有胆量，取来享用，说来真是一段丑史。此时事过境迁，回想起来，倒莫明何以那次昏迷一发发到三星期。若把此三星期中之心理历程细细叙述起来，真是罄竹难书。自然，第一样，这戒烟的念头，根本就有点糊涂。为什么人生世上要戒烟呢？这问题我现在也答得出。但是我们人类的行为，总常是没有理由的，有时故意要做做不该做的事，有时处境太闲，无事可做，故意降大任于己身，苦其筋骨，饿其体肤，空乏其身，把自己的天性拂乱一下，预备做大丈夫罢？除去这个理由，我想不出当日何以想出这种下流的念头。这实有点像陶侃之运甓，或是像现代人的健身运动——文人学者无柴可剖、无水可汲、无车可拉，两手在空中无目的的一上一下，为运动而运动，于社会工业之生产，是毫无贡献的。戒烟戒烟，大概就是贤人君子的健灵运动罢。

　　自然，头三天，喉咙口里，以至气管上部，似有一种怪难堪似痒非痒的感觉。这倒易办。我吃薄荷糖，喝铁观音，含法国顶上的补喉糖片。三天之内，便完全把那种怪痒克服消灭了。这是戒烟历程上之第一期，是纯粹关于生理上的奋斗，一点也不足为奇。凡以为戒烟之功夫只在这点的人，忘记吸烟乃魂灵上的事业；此一道理不懂，根本就不配谈吸烟。过了三天，我才进了魂灵战斗之第二期。到此时，我始恍然明白，世上吸烟的人，本有两种，一种只是南郭先生之徒，以吸烟跟人凑热闹而已。这些人之戒烟，是没有第二期的。他们戒烟，毫不费力。据说，他们想不吸就不吸，名之为"坚强的志愿"。其实这种人何尝吸烟？一人如能戒一癖好，如卖掉一件旧服，则其本非癖好可知。这种人吸烟，确是一种肢体上的工作，如刷牙、洗脸一类，可以刷，可以不刷，内心上没有需要，魂灵上没有意义的。这种人除了洗脸、吃饭、回家抱孩儿以外，心灵上是不会有所要求的，晚上同俭德会女会员的太太们看看《伊索寓言》也就安眠就寝了。辛稼轩之词，王摩诘之诗，贝多芬之乐，王实甫之曲是与他们无关的。庐山瀑布还不是从上而下的流水而已？试问读稼轩之词、摩诘之诗而不吸烟，可乎？不可乎？

但是在真正懂得吸烟的人，戒烟却有一个问题，全非俭德会男女会员所能料到的。于我们这一派真正吸烟之徒，戒烟不到三日，其无意义与待己之刻薄，就会浮现目前。理智与常识就要问：为什么理由，政治上、社交上、道德上、生理上或者心理上，一人不可吸烟，而故意要以自己的聪明埋没，违背良心，戕贼天性，使我们不能达到那心旷神怡的境地？谁都知道，作文者必精力美满，意到神飞，胸襟豁达，锋发韵流，方有好文出现，读书亦必能会神会意，胸中了无窒碍，神游其间，方算是读。此种心境，不吸烟岂可办到？在这兴会之时，我们觉得伸手拿一支烟乃唯一合理的行为；反是，把一块牛皮糖塞入口里，反为俗不可耐之勾当。我姑举一两件事为证。

我的朋友 B 君由北平来沪。我们不见面，已有三年了。在北平时，我们是晨昏时常过从的，夜间尤其是吸烟瞎谈文学、哲学、现代美术以及如何改造人间宇宙的种种问题。现在他来了，我们正在家里炉旁叙旧。所谈的无非是在平旧友的近况及世态的炎凉。每到妙处，我总是心里想伸一只手去取一支香烟，但是表面上却只有立起而又坐下，或者换换坐势。B君却自自然然的一口一口的吞云吐雾，似有不胜其乐之概。我已告诉他，我戒烟了，所以也不好意思当场破戒。话虽如此，心坎里只觉得不快，嗒然若有所失。我的神志是非常清楚的。每回B君高谈阔论之下，我都能答一个"是"字，而实际上却恨不能同他一样的兴奋倾心而谈。这样畸形的谈了一两小时，我始终不肯破戒，我的朋友就告别了。论"坚强的志愿"与"毅力"我是凯旋胜利者，但是心坎里却只觉得快快不乐。过了几天，B君途中来信，说我近来不同了，没有以前的兴奋、爽快，谈吐也大不如前了，他说或者是上海的空气太恶浊所致。到现在，我还是怨悔那夜不曾吸烟。

　　又有一夜，我们在开会，这会按例每星期一次。到时聚餐之后，有人读论文，作为讨论，通常总是一种吸烟大会。这回轮着C君读论文。题目叫做《宗教与革命》，文中不少诙谐语。记得C君说冯玉祥是进了北派美以美会，蒋介石却进了南派美以美会。有人便说如此则吴佩孚不久定进西派美以美会。在这种扯谈之时，室内的烟气一层一层的浓厚起来，正是暗香浮动奇思涌发之时。诗人H君坐在中间，斜躺椅上，正在学放烟圈，一圈一圈的往上放出，大概诗意也跟着一层一层上升，其态度之自若，若有不足为外人道者。只有我一人不吸烟，觉得如独居化外，被放三危。这时戒烟越看越无意义了。我恍然觉悟，我太昏迷了。

我追想搜索当初何以立志戒烟的理由，总搜寻不出一条理由来。

此后，我的良心便时起不安。因为我想，思想之贵在乎兴会之神感，但不吸烟之魂灵将何以兴感起来？有一下午，我去访一位洋女士。女士坐在桌旁，一手吸烟，一手靠在膝上，身微向外，颇有神致。我觉得醒悟之时到了。她拿烟盒请我。我慢慢的，镇静的，从烟盒中取出一支来，知道从此一举，我又得道了。

我回来，即刻叫茶房去买一盒白锡包。在我书桌的右端有一焦迹，是我放烟的地方。因为吸烟很少停止，所以我在旁刻一铭曰"惜阴池"。我本来打算大约要七八年，才能将这二英寸厚的桌面烧透。而在立志戒烟之时，惋惜这"惜阴池"深只有半生丁米突而已。所以这回重复安放香烟时，心上非常快活。因为虽然尚有远大的前途，却可以日日进行不懈。后来因搬屋，书房小，书桌只好卖出，"惜阴池"遂不见。此为余生平第一恨事。

有不为斋解

　　有客问有不为斋斋名用意何在，到底何者在所不为之列，这一问，倒给我发深省了。原来士人书斋取名都颇别致。一派是经师派，如"抱经""研经""诂经""潜研"之类；一派是名士派，所名多有诗意，如"涵芬"，如"庸闲"，如"双梅影"，如"水流云在"，如"仰视千七百二十九鹤"等；一派是纪事的，如"三希"，如"铁琴铜剑"等；又一派是言志的，如"知不足"，"有恒心"，"知未信"；这些都带有点道学气味，而"有不为"恐怕只好归入此派。亦有言志而只用一字表出的，非常古雅，如"藏园""忆园""曲园""寄园"等，这大概是已有园宅阶级，所以大可以洁身自好、与世无争了。虽然这名有时也靠不住，如租界上有村曰"耕读"，贫民窟有里曰"庆余"，野鸡巢有坊曰"贞德"，甚至大马路洋灰三楼上来一个什么"山房"，棋盘街来一个"扫叶"。本不是不可能的事，横竖不过起一个名而已，我们中国人想。

"有不为"是有点道学气，我已说过。看来似乎反康有为，而事实不然。因为世上名称愈相反的，气质愈相近。试将反康与拥康者相比，反康营中曾经拥康者十有其六，而拥康党里曾经反康者，亦十有其八。如贞德坊之野鸡，庆余里之贫民，原来不过也是说说叫得好听而已。所以如孟子所说，有所不为然后可以有为，正可证明物极必反的道理。但是一人总有他所不为的事。朋友这样一问，使我不得不自己检讨一下。常时既不留心，盘查起来，倒也很有意思。我恍惚似已觉得，也许我一生所做过许多的事，须求上帝宽宥，倒是所未做的事，反是我的美德。兹将所想到，拉杂记录如下。

我不会穿西装革履到提倡国货大会演说，也不曾坐别克汽车，到运动会鼓励赛跑，并且也不曾看得起做这类事的人。

我极恶户外运动及不文雅的姿势，不曾骑墙，也不会翻筋斗，不论身体上，魂灵上，或政治上。我连观察风势都不会。

我不曾写过一篇当局嘉奖的文章，或是选过一句士大夫看得起的名句，也不曾起草一张首末得体同事认为满意的宣言。

也不曾发，也不曾想发八面玲珑的谈话。

我有好的记忆力，所以不曾今天说月亮是圆的，过一星期说月亮是方的。

我不曾发誓抵抗到底背城借一的通电，也不曾作爱国之心不敢后人的宣言。也不曾驱车至大学作劝他人淬励奋勉作富贵不能淫威武不能屈的训辞。

我不曾诱奸幼女，所以不曾视女学生为"危险品"，也不曾跟张宗昌维持风化，禁止女子游公园。

我不曾捐一分钱帮助航空救国，也不曾出一铜子交赈灾委员赈灾，虽然也常掏出几毛钱给鬓发斑白的老难民或是美丽可爱的小女丐。

我不曾崇孔卫道，征仁捐，义捐，抗日救国捐，公安善后捐，天良救国捐。我不曾白拿百姓一个钱。

我不好看政治学书，不曾念完三民主义，也不曾于幽默三分时，完全办到叫思想我听指挥。

我不曾离婚，而取得学界领袖资格。

我喜欢革命，但永不喜欢革命家。

我不曾有面团团一副福相，欣欣自得；照镜子时，面上未尝不红泛而有愧色。

我不曾吆喝佣人，叫他们认我是能赚钱的老爷。我家老妈不曾窃窃私语，赞叹她们老爷不知钱从那里来的。

我不曾容许仆役买东西时义形于色克扣油水，不曾让他们感觉给我买物取回扣，是将中华民国百姓的钱还给百姓。

我不曾自述丰功伟绩，送各报登载，或是叫秘书代我选述送登。

也不曾订购自己的放大照相，分发儿子，叫他们挂在厅堂纪念。

我不曾喜欢不喜欢我的人，向他们做笑脸。我不曾练习涵养虚伪。

我极恶小人，无论在任何机关，不曾同他们钩心斗角，表示我的手腕能干。我总是溜之大吉，因为我极恶他们的脸相。

　　我不曾平心静气冷静头脑的讨论国事，不曾做正人君子学士大夫道学的骗子。

　　我不曾拍朋友的肩膀，作慈善大家，被选为扶轮会员，我对于扶轮会同对于青年会态度一样。

　　我不曾禁女子烫头发，禁男子穿长衫，禁百姓赛龙舟，禁人家烧纸钱，不曾卫道崇孔，维持风化，提倡读经，封闭医院，整顿学风，射杀民众，捕舞女，捧戏子，唱京调，打麻将，禁杀生，供大王，挂花车，营生圹，筑洋楼，发宣言，娶副室，打通电，盗古墓，保国粹，卖古董，救国魂，偷古物，印佛经，禁迷信，捧班禅，贴标语，喊口号，主抵抗，举香槟，做证券，谈理学……

我怎样买牙刷

按：这是一篇极堪注意的社会速写，叙述于一九三三年，一位受过相当教育兼有中等阶级良心的人，在现在社会制度之下怎样买牙刷的经验。我想这篇，分该列入为 Edward Bellamy 名著《二〇〇〇年之回顾》的一章（是书已有人译出在《生活》周刊陆续登过）。我们后代子孙恐怕不容易明白，怎样他们的半开化的祖上在一九三〇年之会容许这种可笑的制度存在，而泰然自许为文明。也许在广告术未甚发达的我国，有许多人未上过我所上的当，但在国外，此种经验是中等阶级所同有，而不定是普通中等阶级所能觉悟的。但是我想，虽在我国，这种苦痛不久总会来的，因为广告术已经逐渐发达了。

也许我应先叙述我何以有买牙刷的问题发生。幼时，不管有无牙刷，我是很快乐的。也记不清我幼时到底用过牙刷没有。这种问题，于幼童的世界是不算一回事，而且于西欧常在床上早餐的贵族阶级也是不算一回事；只有在知书识字一知半解的中等阶级（无论何国），却常常发生而很普遍。闲话休提，不管我幼时有没有用过牙刷，我总是一直长大康健起来。我那时还不曾见过有刷毛不齐作犬牙状而末加一簇长毛的"预防"牌（Prophylactic）卫生文明牙刷，所以不会上当，而心中也未尝有过丝毫的焦虑。如今才晓悟现代广告的欺骗我辈读书人，真要令人思之慨然，欲起而作一种社会革命了。

　　我得先声明本篇的主旨，并不是叫人不可买牙刷，只是说任何人应当可以用一角钱一支的牙刷刷净他的牙齿，假定他用充量的水。这一点事做不来，还能算是个男子吗？Sinclair Lewis 在他的杰作 *Arrowsmith*，挖苦纽约某座基金极充足、设备极富丽的医学研究所（Mo Gurke Institute），说凡是真正科学家，都可以把自己屋顶的小房充当做研究所；你给他几根牙签几个玻璃管，他便可以研究发明起来。假定这句话不错（凡真正科学家都心中明白所言是实），那末纽约医学研究所的洁白磁盆及光亮夺目的仪器的用处，不过是使捐助基金的人自己得意，及使几个不会发明不会创造的研究员自己解嘲吧？James Watt 发明蒸汽机，先只靠一只茶壶；爱迪生少时发明就在一间后院的茅屋；Mrs. Stowe 写她的杰作 *Uncle Tom's Cabin* 是用包裹黄纸做稿纸；Franz Schubert 做他的 *Hark! Hark! The Lark!* 歌曲也是写在信封后面。是的，伟大的发明不会由基金充足、设备富丽的 Mo Gurke Institute 出来的。事实上，我的牙医朋友已经偷偷的告诉我，据他的专门经验而言，许多非买 Prophylactic 牙刷不可的有钱太太，

根本就不懂得这牙刷的用法。这些有钱的太太们，正像李格
（Stephen Leacock）所嘲谑的西方银行家，出门避暑，想到钓
鱼，必另买一双涉水的高皮靴，另做一件不怕风雨的大衣，
买到一根值十几圆钱的、挂有转轮的、科学式的渔竿钓鱼去。
但是李格氏问，这些银行家会钓上鱼吗？真正的渔人，你只
消给他一根竹竿、一条悬钩，他总会钓得鱼出来给你看。牙
刷的道理也无过如此。

　　但是这些平常道理，是我经过三年苦心研究最适宜科学
最卫生最文明的牙刷的经验，才研究出来。上边已经说过，
我幼时是很快乐自在的。我并不要用牙刷，也不管牙刷上面
之变形角度是否与我的齿沿的圆弧相合与否。直到在某校时
候，认识一位校医，才失了我天真的快乐（这位校医不久以
前已经自杀）。他竟然告诉我：世上有这种毛病叫做齿龈脓
肿，秘穴溃烂，文生博士病（Vincent'S disease）等。像一切
中等阶级，我一面增加知识，一面恐慌起来。他说世上毛病，
什九是由牙齿不洁来的。而且秘穴所生之毒质，如不及早觉
察医治的，简直可以传入脑部，令人发狂——我简直可以进
疯人院。从此以后，我便不复知平安快乐日子了，而从此我
便开始研究最适宜最科学最文明最卫生的牙刷了。荏苒于今，
已历三载，到了今日，才一无所到，空手回来。

　　不读书的人，总以为牙刷只是一根刷子，而要使用方便
功效易见，刷毛应该是整齐的，与毛刷、衣刷、靴刷相同，
正如一只椅子，总应该是四足齐平才合理。但是我生性有科
学的好奇心，很注意有什么新奇花样。因为我正在寻求什么

新奇的牙刷，看见预防牌的刷毛不齐，呈犬牙状，末端又有高起的一簇刷毛，遂引起我的注意，犹如我现在看见一只三足短一足长的凳子，也会特别注意。我看见说明书，说这刷毛毛面呈向内弯的形状，与我齿沿向外弯的弧形相合，觉得很有道理，遂即刻决定"这是我最合理最科学的牙刷了"。那时我选定的，是一根刷柄向内弯三十度的牙刷。过后也曾买过一支刷柄向外弯三十度的牙刷，而并没遇见什么不测风云。于是使我猜疑，也许不向外弯亦不向内弯的直的刷柄才是最合理化的牙刷吧?

但是事实上，在两年中，我是预防牌的信徒，轻易不改我的主张，虽然我已觉察，只有末端高出的一簇毛是用得着的，因为他部的毛万不会与牙齿接触。恰巧有一天，我的叔父死了，遗留三百圆给我浪费。我就想到牙刷问题。我跑进一间药房，由腰包里掏出一张五圆钞票，掷在柜上，叫伙计将市上最贵的牙刷给我。伙计拿来的是韦思脱大医生的牙刷（Dr. West's），价钱一圆三角。不看犹可，一看我就恐慌起来。难道我两年来，专受广告的欺弄吗? 因为我发见这最文明最科学的牙刷刷毛的面是向外凸出，而不是向内凹进的弧形，正与我所相信的老牌相反;我发见这科学最近发明的成绩，末端并没有一簇高出的毛，反是两端毛短，中间毛长;说明书又告诉我韦思脱博士经过多年的试验，得到一个结论，说只有向外弯的牙刷才能与齿沿的内部的弧形相合。这有点像听见牛敦与恩斯坦各持异论，不免疑心有一人是错的。我带回这韦思脱博士试验的结论回来，一刷，发见不但齿龈的内沿刷得到，就是齿龈的外沿也一样的刷得到。我始恍然大悟。一跑出去，到最近的杂货铺用二十五个铜子买一支广东制造的平面直柄牙刷。回来之后用起来，感觉有刷毛整齐的牙刷刷过齿上的一种三年来所未有的快乐。这就是我从小长大健康快乐时所用的牙刷。

假如我买文明牙刷的这段历史像一幕悲剧，那末我寻求文明牙膏的经验，真如同一部一百二十四回小说。那些各牌牙膏、牙粉、牙水互相攻讦的广告，读了真令人眼花缭乱。简单的叙述起来，各种牙膏、牙粉、牙水我先后都已用过。我的经验包括 Dr. Lyon's Powder, Sozodont, Squibb's Dental Magnesia, Pepsodent, Chlorodont, Kolynos, Colgate, Listerine, Euthymol, Ipana 各牌（家家说"惟我此家"货色是不害牙齿的）。我觉得用起来，无论那一家都是一样，都不能伤损我生成洁白无疵的牙齿。我看见过化学室化验的证书，说某种牙膏于几秒钟能杀死几百万微菌（后来有医生告诉我，此家消毒水杀菌力不及盐水）；有某家广告警告我"当心粉红的牙刷"，说是用错牙膏，齿龈脓溃的先兆；（其实刷时用力，齿龈微出血，是当然的事）；有的广告警告我，市上牙膏什九是完全无用的。我曾经因为见到有家广告说不可用牙粉，会伤牙齿，起了恐慌，置而不用，后来又看见 Dr. Lyon's 的广告，说非牙粉刷不干净，"要学牙科医生给你刷牙时的榜样——用牙粉"，乃又起恐慌，又起而用之。我会经受 Lambert 医药公司的诱惑，说用利思特灵（Listerine）的牙膏一年中省下来的钱可以购买以下任何物品之一种："七磅牛排；八磅火腿；八磅小羊排；两只鸡；十二条咖啡卷；十瓶果浆；二十包面粉；三十罐头空心粉"……然而用了一年之后，并不见得我的太太赠我这些礼物。

幸而不久我见出破绽了。有一回 Colgate，大约是良心责备，十分厌倦这些欺人的广告，出来登一特别广告，问人家："你因看见广告而受恐慌吗？"并说一句老实话："牙膏的唯一作用只是洗净你的牙而已。"我想上天的意思也委实如此而已。这是初次的醒悟。第二次的醒悟，是看见 Pepsodent 的广告，更加良心发见，更显明的厌倦那些欺人的广告，公然说："使你的牙齿健全的，并不是牙膏——是菠菜啊！"我真气炸了肺，一直跑去问一位牙科的朋友，请教他"到底牙膏有什么用处"。他只笑而不说。我知道他心里在说"你可怜的中等阶级啊"！我要求一个明白答复。

"什么！"我喊出来，"至少牙膏总能够洗净牙齿，不是吗？"

"老兄啊！"他拍我的肩膀发出怜惜之意说，"你要明白，洗净你的牙齿是水及牙刷啊！牙膏不过使你洗时较觉芬香可口而像煞有介事而已。"

"那末，用一两点香蕉露也可以吗？"

"亏得你想出来！"朋友转怜为笑叹一口气说。

我们两人紧握双手，宛如手中握住一件天知地知尔知我知宇宙间的大秘密。

春日游杭记

一

某月日，日本陷秦皇岛，迫滦河，觉得办公也不是，作文也不是，抗日会不许开，开必变成共产党。于是愿做商女一次，趁春日游杭。该当有人说，将来亡国责任，应由幽默派文人独负吧？因为听说明朝之亡，也是亡于东林党人，并非亡于吴三桂、李自成、魏忠贤。其实，这样也好。近日推诿误国责任颇成问题，国民党推给民众，民众推给政府，政府推给军阀，军阀一塌刮子推给共产党，弄得鸡犬不宁，朝野躁动。如果有一人能代众受过，使问题解决，天下太平，从此不再听推诿肉麻的话，也是情愿的。

由梵王渡上车，乘位并不好，与一个土豪对坐。这时大约九时半。开车后十分钟，土豪叫一盘中国大菜式的西菜，不知是何道理。他叫的比我们常人叫的两倍之多。土豪便大啖大嚼起来，我也便看他大嚼。茶房对他特别恭顺。十时零六分，忽然来一杯烧酒，似乎是五茄皮。说也奇怪，十时十一分，杂碎的大菜吃完，接着是白菜烧牛肉，其牛肉至十二片之多。我益发莫名其妙了。十时二十六分，又来土司六片、奶油一碟。于是我断定，此人五十岁时必死于肝癌。正在思索之时，又来一位油脸而黑的中山装少年。一屁股歪在土豪旁边坐下，一手把我桌上的书报茶杯推开，登时就有茶房给他一杯咖啡，一盘火腿蛋。于是土豪也遭殃了。青年的呢帽一直放在土豪席上位前。我的一杯茶，早已移至土豪面前，此时被这帽一推，茶也溢了，桌也湿了。我明白这是以礼义自豪之邦应有的现象，所以愿以礼为终始，并不计较。排布定当，于是中山装青年弯下他的油脸，吃他的火腿蛋。我看见他身上徽章，是什么沪杭铁路局的什么员，又吃完便走，乃断定他这碟火腿蛋一定是贿赂。这时土豪牛肉已吃到第九片，怎么忽然不想吃了。于是咳嗽、吐痰、免冠、搔首，颇有饱乐之概。十时卅一分茶房来，问可否拿走，土豪毫不迟疑的说"等一会"。经此一提醒，土豪又狼吞虎咽起来。这回特别快，竟于十时四十分全碟吃完。翻一翻报，脸上看不见有什么感触，过一会头向桌上一歪，不五分钟已经鼾然入寐了。我方觉得安全、由是一路无聊到杭州。

　　到杭州，因怕臭虫，决定做高等华人，住西泠饭店，虽然或者因此与西洋浪人为伍，也不为意。车过浣纱路，看见一条小河，有妇人跪在河旁在浣衣，并不是浣纱。因此想起西施，并了悟她所以成名，是因为她浣纱，尤其因为她跪在河旁浣纱时所必取的姿势。

　　到西湖时，微雨。拣定一间房间，凭窗远眺，内湖、孤山、长堤、宝俶塔、游艇、行人，都一一如画。近窗的树木，雨后特别苍翠，细草茸绿的可爱。雨细蒙蒙的几乎看不见，只听见草叶上及田陌上浑成一片的点滴声。村屋五六座，排布山下，屋虽矮陋，而前后簇拥的却是疏朗可爱的高树与错综天然的丛芜、蹊径、草坪。其经营毫不费工夫，而清华朗润，胜于上海愚园路寓公精舍万倍。回想上海居民，家资十万始敢购置一二亩宅地，把草地碾平，花木剪成三角、圆锥、平头等体，花圃砌成几何学怪状，造一五尺假山，七尺鱼池，便有不可一世之概，真要令人痛哭流涕。

二

　　半夜听西洋浪人及女子高声笑谑，吵的不能成寐。第二天清晨，我们雇一辆汽车游虎跑。路过苏堤，两面湖光潋滟，绿洲葱翠，宛如由水中浮出，倒影明如照镜。其时远处尽为烟霞所掩，绿洲之后，一片茫茫，不复知是山是湖、是人间、是仙界。画画之难，全在画此种气韵，但画气韵最易莫如画湖景，尤莫如画雨中的湖山；能攫得住此时波光回影，便能气韵生动。在这一副天然景物中，只有一座灯塔式的建筑物，丑陋不堪，十分碍目，落在西子湖上，真同美人脸上一点烂疮。我问车夫这是什么东西，他说是展览会纪念塔，世上竟有如此无耻之尤的留学生作此恶孽。我由是立志，何时率领军队打入杭州，必先对准野炮，先把这西子脸上的烂疮，击个粉碎。后人必定有诗为证云：

> 西湖千树影苍苍
>
> 独有丑碑陋难当
>
> 林子将军气不过
>
> 扶来大炮击烂疮

　　虎跑在半山上，由山下到寺前的半里山路，佳丽无比。我们由是下车步行。两旁有大树，不知树名，总而言之，就是大树。路旁也有花，也不知花名，但觉得美丽。我们在小学时，学堂不教动植物学，至此吃其亏。将到寺的几百步，路旁有一小涧，湍流而下，过崖石时，自然成小瀑布，水击石潺潺之声可爱。我看见一个父亲苦劝他六岁少爷去水旁观瀑布。这位少爷不肯。他说水会喷到他的长衫马褂，而且泥土很脏。他极力否认瀑布有什么趣味。我于是知道中国非亡不可。

　　到寺前，心不由主的念声阿弥陀佛，犹如不信耶稣的人，口里能常喊出"O Lord"。虎跑的茶著名，也就想喝茶，觉得甚清高。当时就有一阵男女，一面喝茶，一面照相，倒也十分忙碌。有一位为要照相而作正在举杯的姿势。可是摄后并不看见他喝。但是我知道将来他的照片簿上仍不免题曰"某月日静庐主人虎跑啜茗留影"。这已减少我饮茶的勇气。忽然有小和尚问我要不要买茶叶。于是决心不饮虎跑茶而起。

　　虎跑有二物，游人不可不看：一、毛厕，二、茶壶，都是和尚的机巧发明。虎跑的茶可不喝。这茶壶却不可不研究。

欧洲和尚能酿好酒，难道虎跑的和尚就不能发明个好茶壶（也许江南本有此种茶壶，但我却未见过）。茶壶是红铜做的，式样与家用茶壶同，不过特大，高二尺，径二尺半，上有两个甚科学式的长囱。壶身中部烧炭，四周便是承水的水柜，壶耳、壶嘴俱全，只想不出谁能倒得动这笨重茶壶。我由是请教那和尚。和尚拿一白铁锅，由缸里挹点泉水，倒入一长囱，登时有开水由壶嘴流溢出来了。我知道这是物理学所谓水平线作用，凉水下去，开水自然外溢，而且凉水必下沉，热水必上升，但是我真无脸向他讲科学名词了。这种取开水法既极简便，又有出便有入，壶中水常满，真是周全之策。倘如中国政府也能如虎跑和尚的聪明，量入为出，或是每回取之于民的必有相当的给施于民，那末——中国也就不至于是中国了。

三

我每回到西湖，必往玉泉观鱼，一半是喜欢看鱼的动作，一半是可怜他们失了优游深潭浚壑的快乐。和尚爱鱼放生，何不把他们放入钱塘江，即使死于非命，还算不负此一生。观鱼虽然清高，总不免假放生之名，行利己之实。

观鱼之时，有和尚来同我谈话。和尚河南口音，出词倒也温文尔雅。我正想素食在理论上虽然卫生，总没看见过一个颜色红润的和尚，大半都是面黄肌瘦、走动迟缓，明系滋养不足。

因此又联想到他们的色欲问题，便问和尚素食是否与戒色有关系。和尚看见同行女人在座，不便应对，我由是打本乡话请女人到对过池畔观鱼，而我们大谈起现代婚姻问题了。因为他很诚意，所以我想打听一点消息。

"比方那位红衣女子，你们看了动心不动心呢？"

我这粗莽一问，却引起和尚一篇难得的独身主义的伟论。大意与柏拉图所谓哲学家不应娶妻理论相同。

"怎么不动心？"他说，"但是你看佛经，就知道情欲之为害。目前何尝不乐？过后就有许多烦恼。现在多少青年投河自尽，为什么？为恋爱！为女人！现在多少离婚！怎么以前非她不活，现在反要离呢？你看我，一人孤身，要到泰山、妙峰山、普渡、汕头，多么自由！"

我明白，他是保罗、康德、柏拉图的同志。叔本华许多关于女人的妙论，还不是由佛经得来？正想之间，忽然寺中老妈经过，我倒不注意，亏得和尚先来解释：

"这是因为寺中常有香客家眷来歇，伺候不便，所以雇来跟香客洒扫的。"其实我并不怀疑他，而叔本华、柏拉图向来并不反对女人洒扫。

四

出寺，在外廊出八毫钱买一铜雀瓦。付价后，我告诉摊主这是假的。

"你为什么要买假古董？"摊主严词责问。

"我是专门收藏假古董的。"我爽利答得他无话可对。

摊主语塞，然交易既成，我们感情便又融洽起来。忽然我看到一卷雷峰塔的佛经，于是觉得又须来个"你不好打倒你"的争辩。

"你又来欺骗民众！"

"这回是真的了。"

"你们为什么好骗人？"

"要吃饭。"

"你不好，打倒你，我来做。"

"你来做，还不是一样？"

争辩失败，由是由荷包掏出二圆大洋，一手付钱，一手取经。交易成，感情又融洽：他有饭吃，我有经读。

记得《论语》"雨花"就登过某师长对学生的演说，勉励学生不要打倒军阀说："人家做人家的事，吃人家的饭，你要打倒人家！"所以我立志买假古董，维持摊家饭碗，也是受了某公的感化。

（《论语》第 17 期，1933 年 5 月 10 日）

杂说

《秋水轩尺牍》所以曾风行一时，是因为中国寒士多，书中多觅馆求差语，甚有用处。

"思君"系古文中最无耻的话，然无人耻之。屈子、贾谊皆患此毛病。歌颂圣德，亦极肉麻，但前人亦不觉其肉麻。

孔子三过卫。孔子说话时，卫灵公只顾仰观飞雁。料想当时孔子情极难堪。

孔子说"吾未见好德如好色者"一句话，系在卫与南子同车时，见路人只看南子不看他的感慨。

孔子亦曾骂当时政客为饭桶。子贡问："今之从政者何如？"孔子曰："噫！斗筲之士，何足算也！"斗筲系承米器，向来经师解为喻器量之小，不对。今人骂人，应曰承米器，或曰斗筲，比饭桶古雅，而语有所本。

苏东坡好吃鼻液，称其味甘美。又主张以口中津液漱口，是中国人漱口之最早者。（《上张安道书》论养生诀曰："若鼻液亦须漱，使不嫌其咸，炼久自然甘美。"）

　　爱国系爱己之一种。爱乡系爱莼羹。

　　现代学生反对考试甚是。但同时要求及格分数毕业文凭则甚无聊，且矛盾。当今学校，应分学生为二种，一严格考试及发给文凭，一不考试不给文凭。如是天才与蠢材方不致同时同班毕业。

　　今日学生八时上课四时下课。课室中不许看书。故今日学校是把学生关起不许看书之最理想制度。

　　一群学生闻铃上课、闻铃下课，与一群羊闻铃出牢、闻铃入牢，没有区别。

　　所谓一百分，系能答先生心中所要你答的话。高材生是教员肚子里的应声虫。凡能意见与先生雷同者或与书本雷同者，谓之高材生。

　　三十年前谈变政，办洋学堂者，未知彼辈今日所造之孽。

　　现在各学校课室中似乎都贴上一张章程：第一条，只许静坐，不许读书；第二条，不许用头脑，自有主张；第三条，不许交头接耳交换意见；第四条，不许吸烟以免触起灵机，天才出火。遵此四条校章者，年终品行一百分。

　　冒孔家牌者，非今日之《论语》，乃隋朝的王通。本刊偷《论语》之名，不偷《论语》之实。文中子偷《论语》之实，不偷《论语》之名。兹联语五则：

　　　　道理参透是幽默，性灵解脱有文章。
　　　　两脚踏东西文化，一心评宇宙文章。

对面只有知心友，两旁俱无碍目人。

胸中自有青山在，何必随人看桃花？

领现在可行之乐，补生平未读之书（录袁子才与人书语）。

1934 年

说避暑益

　　我新近又搬出分租的洋楼，而住在人类所应住的房宅了。十月前，当我搬进去住洋楼的分层时，我曾经郑重的宣告，我是生性不喜欢这种分租的洋楼的。那时我说我本性反对住这种楼房，这种楼房是预备给没有小孩而常年住在汽车不住在家里的夫妇住的，而且说，除非现代文明能够给人人一块宅地，让小孩去翻筋斗捉蟋蟀弄得一身肮脏痛快，那种文明不会被我重视。我说明所以搬去那所楼层的缘故，是因那房后面有一片荒园，有横倒的树干，有碧绿的池塘，看出去是枝叶扶疏、林鸟纵横。我的书窗之前，又是夏天绿叶成荫冬天子满枝，在上海找得到这样的野景，不能不说是重大的发见，所以决心租定了。现在我们的房东，已将那块园地围起来，整理起来，那些野树已经栽植的有方圆规矩了，阵伍也渐渐整齐了，而且虽然尚未砌出来星形八角等等的花台，料想不久总会来的。所以我又搬出。

现在我是住在一所人类所应住的房宅，如以上所言。宅的左右有的是土，足踏得土，踢踢瓦砾是非常快乐的。我宅中有许多青蛙蟾蜍，洋槐树上的夏蝉整天价的鸣着，而且前晚发见了一条小青蛇，使我猛觉我已成为"归去来兮"的高士了。我已发见了两种的蜘蛛，还想到城隍庙去买一只龟，放在园里，等着看龟观蟾蜍吃蚊子的神情，倒也十分有趣。我的小孩在这园中，观察物竞天择、优胜劣败的至理，总比在学堂念自然教科书，来得亲切而有意味。只可惜尚未找到一只壁虎。壁虎与蜘蛛斗起来真好看啊！……我还想养只鸽子，让他生鸽蛋给小孩玩。所以目前严重的问题是，有没有壁虎？假定有了，会不会偷鸽蛋？

由是我想到避暑的快乐了。人家到那里去避暑的可喜的事，我家里都有了。平常人不大觉悟，避暑消夏旅行最可记的事，都是那里曾看到一条大蛇，那里曾踏着壁虎蝎子的尾巴。前几年我曾到过莫干山，到现在所记得可乐的事，只是在上山路中看见石龙子的新奇式样，及曾半夜里在床上发见而用阿摩尼亚射杀一只极大的蜘蛛，及某晚上曾由右耳里逐出一只火萤。此外便都忘记了，在消夏的地方，谈天总免不了谈大虫的。你想，在给朋友的信中，你可以说"昨晚归途中，遇见一条大蛇，相觑而过"，这是多么称心的乐事。而且在城里接到这封信的人，是怎样的羡慕。假定他还有点人气，阅信之余，必掷信慨然而立曰："我一定也要去。我非请两星期假不可，不管老板高兴不高兴！"自然，这在于我，现在已不能受诱惑了，因为我家里已有了蛇，这是上海人家里所不大容易发现的。

　　避暑还有一种好处，就是可以看到一切的亲朋好友。我
们想去避暑旅行时，总是想着："现在我要去享一点清福，
隔绝尘世，依然故我了。"弦外之音，似乎是说，我们暂时
不愿揖客、鞠躬、送往迎来，而想去做自然人。但是这不是
真正避暑的理由，如果是，就没人去青岛牯岭避暑了。或是
果然是，但是因为船上就发现你的好友陈太太，使你不能达
到这个目的。你在星期六晚到莫干山，正在黄昏外出散步，
忽然背后听见有人喊着："老王！"你听见这样喊的时候，
心中有何感觉，全凭你自己。星期日早，你星期五晚刚见到
的隔壁潘太太同她的一家小孩，也都来临了。星期一下午，
前街王太太也翩然莅止了。星期二早上，你出去步行，真真
出乎意外，发见何先生何太太也在此地享隔绝尘世的清福。
由是你又请大家来打牌、吃冰淇淋，而陈太太说："这多么
好啊！可不是正同在上海一样吗？"换句话说，我们避暑，
就如美国人游巴黎，总要在 I'Opera 前面的一家咖啡馆，与同
乡互相见面。据说 Montmartre 有一家饭店，美国人游巴黎，
非去光顾不可，因为那里可以吃到真正美国的炸团饼。这一
项消息，Anita Loos 女史早已在《碧眼儿日记》郑重载录了。

　　自然，避暑还有许多益处。比方说，你可以带一架留声
机，或者同居的避暑家总会带一架，由是你可以听到年头年
底所已听惯的乐调，如璇宫艳舞、丽娃栗妲之类。还有一样，
就是整备行装的快乐高兴。你跑到永安公司，在那里思量打算，
游泳衣是淡红的鲜艳，还是浅绿的淡素，而且你如果是卢骚、

陶渊明的信徒，还须考虑一下：短统的反翻口袜，固然凉爽，如鱼网大花格的美国"开素"袜，也颇肉感，有寓露于藏之妙，而且巴黎胭脂，也是"可的"的好。因为你不擦胭脂，总觉得不自然，而你到了山中避暑，总要得其自然为妙。第三样，富贾、银行总理、要人也可以借这机会，带几本福尔摩斯小说，看点儿书。在他手不释卷躺在藤椅上午睡之时，有朋友叫醒他，他可以一面打哈欠一面喃喃的说："啊！我正在看一点书。我好久没看过了。"第四样益处，就是一切家庭秘史，可在夏日黄昏的闲话中流露出来，在城里，这种消息，除非由奶妈传达，你是不容易听到的。你听见维持礼教乐善好施的社会中坚某君有什么外遇，平常化装为小商人，手提广东香肠工冬工冬跑入弄堂来找他的相好，或是何老爷的丫头的婴孩相貌，非常像何老爷。如果你为人善谈，在两星期的避暑期间，可以听到许多许多家庭秘史，足做你回城后一年的谈助而有余。由是我们发见避暑最后一样而最大的益处，就是——可以做你回城交际谈话上的题目。

要想起来，避暑的益处还有很多。但是以所举各点，已经有替庐山青岛饭店做义务广告的嫌疑了。就此搁笔。

新年恭喜

　　不知是阳历不好，或是人心不古，近来过年，都大不如前了。在执笔之时，听见隔壁陈家放炮，才略为抖擞精神。后来听黄妈说，今日是冬至，才记得尚未吃汤团。人之颓唐，有至于此乎？于是即刻吩咐大师父，明天补吃，心下始觉稍安。黄妈说是阳历不好，说阴历才有冬至。我说，阳历之冬至，来得比阴历易记，每年总是十二月廿三号。黄妈硬说，无论廿三不廿三，若是阳历，便不成其为冬至了。况且每年十二月廿三，必定冬至，还有甚么味儿。我心知其有理。遂不与辩。因此我想起幼时，旧历除夕，照例是"围炉"。年夜放炮之声，东村至西村，远远可闻，总是通宵达旦；半夜到门外糊门联；元旦黎明就起来点烛，穿红袍，着黑背心，换红辫子，吃面，吃贡橘；天亮就同人去拜年，这是如何一种境地！春节村妇也都赌牌，或且到几里外路去看戏，戏台下的妇儿穿的红红绿绿，这又是何种境地！元旦之后尚有上元提灯，看烟火。总之旧历新年，确是一种欢天喜地的景象，人人欢喜，皆大欢喜，此所以为新年。据我想，新年应当为儿童的节日，为我们恢复赤子之心的时期。前几年，听说公安局禁放炮，禁放爆竹。今年禁不禁，不知道。但是我觉得，禁不禁由他，放不放由我，这才是健全的国民。人若除夕之夜不敢放炮，怕入监牢，还养什么浩然之气？大家为保赤子之心起见，应该努力放炮，甚至努力赌也无妨，初一至初五为限。记得去年在英伦圣诞之夜，有人狂醉，跑到 Piccadily Circus 一座爱神像上，给他带上一顶帽子。第二天《泰晤士报》通信栏，倒得到不少同情的批评。这才是健全之国民景象。所以我极郑重地恭请各地《论语》读者，本年除夕，务必努力放炮，通宵达旦，热闹起来。如坐狱，本社愿为有力的援助。

吸烟与教育

　　吸烟者不必皆文人，而文人理应吸烟，此颠扑不破之至理名言，足与天地万古长存者也。上期谈牛津一文，已经充分证明牛津之大学教育，胥由导师之启迪，而导师启迪之方法，尤端赖向学子冒烟之工作，并引李格教授之言为证："凡人这样有系统的被人冒烟，四年之后，自然成为学者。""如果他有超凡的才调，他的导师对他特别注意，就向他一直冒烟，冒到他的天才出火。"兹再申明本意。李格说："被烟气熏的好的人，谈吐作文的风雅，绝非他种方法所可学得来的。"（"A well-smoked man can speak and write English with a grace and elegance that cannot be a quired in any other way."）使吾死时，得友人撰碑志曰"此人文章烟气甚重"，吾愿已足。按李格所言，甚得中国教育之本旨。向来中国言教育者，多用"熏陶"二字，便是指用烟气把学生熏透之意。即其他名词，如"陶冶"指火，"沾化"指春风化雨，仍然是空气作用，要皆不离火与气。大凡中国人相信，一人的学问与德性，是要慢慢陶冶熏化出来的，绝不是今朝加一单位心理学，明朝加一单位物理，便可成为读书人，古人又谓"与君一夕谈，胜读十年书"，可见学问思想是在燕居闲谈切磋出来的。既是夕谈，大约便有吸烟。吸烟之所以为贵，在其能代表一种自由谈学的风味。中国大学之毛病甚多，总括一句，就是谈学时不吸烟，吸烟时不谈学。换句话说，就是看书时不自由，自由时不看书。在课室上，惟知有名可点，不感无烟可吸，学者之所以读书，非为与同学交谈时自觉形秽而鼓励也，非由对明窗净几、得红袖添香而步步入胜也，非由师友窗前月下前无古人后无来者之闲谈而激动其灵机也，非由自己面目可憎语言无味而生羞恶也。学者何为而读书，代注册部做衣裳准备出嫁也。如此不由兴味之启发而赖学分之鞭策，叫人念书，桎梏其性灵，斫丧其慧心，如以刍养马，以草喂牛，牛马将来耒耜驾轭，或是登俎豆，入太牢，虽然也都是社会有用之才，到底已违背牛马之本性而丧失其顶天立地优游林下驰骋荒郊的快乐了。

回京杂感

（四则）

　　岂明先生来信谓：这回南下一定得到许多见闻，希望能写出来。我想这三个月之间在南边固然有些事件，但是何尝有北京所闻所见之足以引起我们的感叹？据报上所载种种奇闻，如阴谋复辟、"整顿学风"，还有种种名流之怪论，与我在厦门所闻见张毅吃人一类的消息相比，何尝稍让丝毫——老实说起来，还要光怪离奇些！这似乎就是岂明先生所谓"有些当出于老兄意表之外的"及玄同先生所谓"成日在苦闷无聊的状况中一面看了种种（广义的）遗老遗少遗小遗幼们之精神的复辟……颇觉有'气炸了肺'之象"。记得我走之时正是某某名流大说鬼话之秋。（虽然此位名流也曾"大打玄学鬼"，回想至今只差了两年，可叹！）今日回来又正是某某名流大唱"政治修明，实业发达，军备充实，教育进步"（虽段祺瑞的大执政令也不过尔尔），而学生"爱国心"倒可以不要，至少也应该诋毁之际。呜呼玄同，我们虽欲不"气炸了肺"其可得欤？且岂独"气炸了肺"而已，我们简直非效喇嘛开打鬼大会不可。

一   名流之加多

我离京时，只有一种感想，就是国中名流之逐渐加多；无论其实际上已入流未入流，都早已具了老成练达学士大夫的资格。其最痛心者乃此等名流，皆从新人物中补进的。惠灵吞喽，托福总长喽，江参政院员喽，（据说"江"为洪水，"虎"为猛兽，如何不怕！）已知名的不算，其余未成形的还多着呢！今日回京所有的感想也不过是国中名流加多的利害而已。且两年前刚从外国回京，尚有三种愿望：（1）得西直门驴子而骑之，（2）得东兴楼虾子豆腐而食之，（3）得天下英才而拜访之。今日回京却聪明的多了：驴子及虾子豆腐固然还在，而好些往日理想中之所谓"名士"，却已被发见不过是些候补名流而已。

中国算来也糟。我本来很高兴的自慰，等那些头脑迂腐的老前辈死完了中国便好。只要他们死完了中国便有希望。可是如今细细一想，不但那些遗老没有死完之希望，且有蕃衍孳殖、霸据中原之势。正是一个遗老未去，三个遗少又来；已成的"亡国大夫瘟国官僚"，正要功成名就，挟着外国钞票，跑到外国租界，去传他们种子的时候，未来的"亡国大夫瘟国官僚"，已相继而起。想来实在可怕，难道今日什么学生会、学联会的激烈分子，将来也要全数变成学士大夫吗？所幸的是外国人，不大知道我们此中的底蕴。我们遇见他们时，还可以鼓起勇气接续说"等他们死去就好，死完了一定就好"——
虽然我们心里头要想"不大一定罢"。

二 名流之心理分析

心理分析家常讲 inferiority complex "逊色症结"的道理。
譬如一人于某事或某方面上自觉逊色，于是他的下意识必发
生一种自卫的作用。因为这自觉不如的感念于他的精神慰安
是有害的，故其人心理必自然的生出种种防卫的方法（如特
别的意象、偏见、信仰等），使此不愉快的感觉可以隐隐的
消灭（其实只是盖藏起来于下意识中），那人的精神便可因
此照常安稳，凭良心说话，凭良心做事了。据说我们大多数
的信仰发源于感情态度（feeling-attitudes），不是根据理智的。
倘是用这种眼光观察，可以发见于我们思想信仰之后，有极
微妙的作用，有许多我们不愿承认的、不大体面的情感与愿
望在。他们的存在只在下意识中，且若经指出来，其人必力
加以否认。自觉不如便是此感情之一种。譬如不出嫁的中年
妇人，最不赞成的，是他们美丽青年的侄女们自由恋爱的事
情。——再如我们三十以上的跟十几岁的小孩子一同出去走
路，他们正东跳西跑观前看后，我们却只想能少走一步好，
于是我们不得不很庄严的训示他们："小孩走路也不端端正
正的……"据心理分析家说，此一段教训是于此三十岁以上
大人的心理有益的。他暗中所觉得精神体魄大不如此小孩子
不愉快的感念，可以借此深藏于下意识的海里，而于意识生
活中，得恢复其平坦公正的态度，于自己良心，也就很对得
起了，同样的，骂名流的人也须明白名流的苦衷。因为此次

沪案发生以后，中国如学工商界之参加运动，固已够忙，政府也于面子上，敷衍的过得去了，独此名流，既不敢表示满意于政府"誓死骑墙"与"敷衍到底"的政策，一方面又不屑与青年学子合作，事后问心何以自解？隐隐中将不免起一种 inferiority complex。由是不得不有他们来"教训"青年，来"至诚恳的泣告"青年，或者声明要求诱导青年们。什么"单靠感情不能救国"呵，"救国须先求学"呵，"青年唯一的职务是念书"呵，"希望你们再上课"呵，外国人不怕你"爱国心"呵，都是为着名流自己精神上的慰安，不得不说的。好像没有感情，便是爱国，又好像名流之所以不加入运动者，乃为求学。推而至于极端，乃有"排货是自己吃亏""罢课是自杀"的种种谬论。但是因此名流的爱国债却还了，他们"自觉逊色"的"症结"也已隐隐坠入五里雾中，而名流也就仍旧可以问心无愧。自然名流同时也要恭维学生几句话，但是这也是为着名流的精神慰安起见不能不说的，以表示名流态度之公正宽宏。原来天下的马贼、讼棍、乡妪、村婆，没有不相信自己态度是公正宽宏的。（参观 Ernest Jones：*Rationalization in Everyday Life*）

三　政治与心理分析

Rivers 在 *Psychology and Politics* 说："我想大半的受过教育的人现在承认许多种的装大的社会的行为，实隐藏着一种怀疑，及忸怩不敢自信的态度而已。心理学家谓此类的行动是由于自卫机制（defense-mechanism）的作用。在这作用上，人们多少在不觉中（非故意的）采取那夸大的态度，作为卫护，以避免承认其不及人时，心灵上所感觉的不安。"

　　倘是我们拿这个"自卫机制"的观念，来批评观察近数月来政府的种种行动，我们实在可以多得点了解。Rivers 曾经指出英国大战时，陆军部里头办事上的种种耽误时间的俗套虚文，实在只是这许多新入来的人物，不懂他们的职务的"自卫"作用而已。通常官僚中的虚文缛节，都是所以保护不称职的官僚，使免当面丢脸。故除此次沈瑞麟必要请段祺瑞另派外交大员，"自卫"得太明显，不提以外，如政府之所以禁止开国耻大会及他种爱国大会，此中之"自觉不如"及自卫作用便较微妙，须细心分析方能觉察。最喜欢讲学风腐败的，偏偏是军阀与官僚，因为"中国弄到这样田地"顶好有教育界来代负责，使大家可以知道亡国者学界也，而并非官僚。故如丁文江"中国弄到这个田地完全是智识阶级的责任，实可谓军阀与官僚 defense-mechanism 心里最明白的表示，要说的比丁先生明白痛快，恐怕不易。我们因此可以明白整顿学风，不但是救国的急务，于官僚军阀精神的慰安与自身的尊严，也是当务之急。我们学界认点罪过来，省了他们的 inferiority complex 变成神经病又何乐而不为呢？

四　激进派与守旧派

　　激进自号为维新，守旧自号为稳健。这两种人的不相容，近来越看越明白。他们的不相容是不能免的，是好的，是应该的。他们的互相讨厌，都是好的，应该的，健全的。由于他们的互相讨厌，然后社会才有进步，而且生活才有点趣味。有一天我同一位朋友蹓市场，经过一个行人拥挤的地方，偏偏有几位穿长褂的先生，逍逍遥遥的若进若退，好像不觉得其他的人也有走路的权利，于是对我的朋友说这几位的讨厌。但是我的朋友提醒我说，但是他们正以我们为讨厌。我的朋友的话是对的。在一个普通行动逶迤的人群中，几个洋鬼子偏要脚快，由人群中冲过去，是很讨厌的。我的朋友的话是对的，但是这三个月的经验使我记得，我们走快的人要以走慢的人为讨厌，也同样是不能免的。

一九二五，十，十。

中国文化之精神

——1932 年春在牛津大学和平会演讲稿

　　此篇原为对英人演讲，多恭维东方文明之语。兹译成中文发表，保身之道既莫善于此，博国人之欢心，又当以此为上策，然一执笔，又有无限感想，油然而生。（一）东方文明，余素抨击最烈，至今仍主张非根本改革国民懦弱萎顿之根性，优柔寡断之风度，敷衍逶迤之哲学，而易以西方励进奋图之精神不可。然一到国外，不期然引起心理作用，昔之抨击者一变而为宣传，宛然以我国之荣辱为个人之荣辱，处处愿为此东亚病夫作辩护，几沦为通常外交随员。事后思之，不觉一笑。（二）东方文明，东方艺术，东方哲学，本有极优异之点，故欧洲学者，竟有对中国文化引起浪漫的崇拜，而于中国美术尤甚。普通学者，于玩摩中国书画古玩之余，对于画中人物爱好之诚，或与欧西学者之思恋古代希腊文明同等。

余在伦敦参观 Eumorphopulus 私人收藏中国磁器，见一座定窑观音，亦神为之荡。中国之观音与西洋之玛妲娜（圣母），同为一种宗教艺术之中心对象，同为一民族艺术想象力之结晶，然平心而论，观音姿势之妍丽，褶文之飘逸，态度之安详，神情之娴雅，色泽之可爱，私人认为在西洋最名贵玛妲娜之上。吾知吾生为欧人，对中国画中人物，亦必发生思惑。然一返国，则又起异样感触，始知东方美人，固一麻子也，远视固体态苗条，近睹则百孔千疮，此又一回国感想也。（三）中国今日政治经济工业学术，无一不落人后。而举国正如醉如痴，连年战乱，不恤民艰，强邻外侮之际，且不能释然私怨，岂非亡国之征？正因一般民众与官僚，缺乏彻底改过革命之决心，党国要人，或者正开口浮屠，闭口孔孟；思想不清之国粹家，又从而附和之，正如富家之纨绔子弟，不思所以发扬光大祖宗企业，徒日数家珍以夸人。吾于此时，复作颂扬东方文明之语，岂非对读者下麻醉剂，为亡国者助声势乎？中国国民，固有优处，弱点亦多，若和平忍耐诸美德，本为东方精神所寄托，然今日环境不同，试问和平忍耐，足以救国乎？抑适足以为亡国之祸根乎？国人若不深省，中夜思过，换和平为抵抗，易忍耐为奋斗，而坐听国粹家之催眠，终必昏聩不省，寿终正寝。愿读者就中国文化之弱点着想，毋徒以东方文明之继述者自负，中国始可有为。

　　我在未开讲之先，要先声明本演讲之目的，并非自命为东方文明之教士，希望使牛津学者变为中国文化之信徒。惟有西方教士才有这种胆量，这种雄心。胆量与雄心，固非中国人之特长。必欲执一己之道，使异族同化，于情理上，殊欠通达，依中国观点而论，情理欠通达，即系未受教育。所以鄙人此讲依旧是中国人冷淡的风光本色，绝对没有教士的热诚，既没有野心救诸位的魂灵，也没有战舰大炮将诸位击到天堂去。诸位听完此篇所讲中国文化之精神后，就能明了此冷淡与缺乏热诚之原因。

　　我认为我们还有更高尚的目的，就是以研究态度，明了中国人心理及传统文化之精要。卡来尔氏有名言说："凡伟大之艺术品，初见时必觉令人不十分舒适。"依卡氏的标准而论，则中国之"伟大"固无疑义。我们所讲某人伟大，即等于说我们对于某人根本不能用了，宛如黑人听教士讲道，越不懂，越赞叹教士之鸿博。中国文化，盲从颂赞者有之，一味诋毁者有之，事实上却大家看他如一闷葫芦，莫名其妙。因为中国文化数千年之发展，几与西方完全隔绝，无论小大精粗，多与西方背道而驰。所以西人之视中国如哑谜，并不足奇。但是私见以为必欲不懂始称为伟大，则与其使中国被称为伟大，莫如使中国得外方之谅察。

　　我认为，如果我们了解中国文化之精神，中国并不难懂。一方面，我们不能发觉支那崇拜者梦中所见的美满境地，一方面也不至于发觉，如上海洋商所相信中国民族只是土匪流氓，对于他们运输入口的西方文化与沙丁鱼之功德，不知感激涕零。此两种论调，都是起因于没有清楚的认识。实际上，我们要发觉中国民族为最近人情之民族，中国哲学为最近人情之哲学。中国人民，固有他的伟大，也有他的弱点，丝毫没有邈远玄虚难懂之处。中国民族之特征，在于执中，不在于偏倚，在于近人之常情，不在于玄虚理想。中国民族，颇似女性，脚踏实地，善谋自存，好讲情理，而恶极端理论，凡事只凭天机本能，糊涂了事。凡此种种，颇与英国民性相同。锡索罗曾说，理论一贯者乃小人之美德，中英民族都是伟大，理论一贯与否，与之无涉。所以理论一贯之民族早已灭亡，中国却能糊涂过了四千年的历史。英国民族果能保存其著名"糊涂渡过难关"（somehow muddle through）之本领，将来自亦有四千年光耀历史无疑。中英民性之根本相同，容后再讲。此刻所要指明者，只是说中国文化，本是以人情为前提的文化，并没有难懂之处。

倘使我们一检查中国民族，可发见以下优劣之点。在劣的方面，我们可以举出政治之贪污、社会纪律之缺乏、科学工业之落后、思想与生活方面留存极幼稚野蛮的痕迹、缺乏团体组织团体治事的本领、好敷衍不彻底之根性等，在优的方面，我们可以举出历史的悠久绵长、文化的一统、美术的发达（尤其是诗词、书画、建筑、磁器）、种族上生机之强壮、耐劳、幽默、聪明，对文士之尊敬、热烈的爱好山水及一切自然景物、家庭上之亲谊，及对人生目的比较确切的认识。在中立的方面，我们可以举出守旧性、容忍性、和平主义及实际主义。此四者本来都是健康的征点，但是守旧易于落伍，容忍则易于妥洽，和平主义或者是起源于体魄上的懒于奋斗，实际主义则凡事缺乏理想，缺乏热诚。统观上述，可见中国民族特征的性格大多属于阴的、静的、消极的，适宜一种和平坚忍的文化，而不适宜于进取外展的文化。此种民性，可以"老成温厚"四字包括起来。

在这些丛杂的民性及文化特征之下，我们将何以发见此文化之精神，可以贯穿一切，助我们了解此民性之来源及文化精英所寄托？我想最简便的解释在于中国的人文主义，因为中国文化的精神，就是此人文主义的精神。

"人文主义"（Humanism）含义不少，讲解不一。但是中国的人文主义（鄙人先立此新名词）却有很明确的含义。第一要素，就是对于人生目的与真义有公正的认识。第二，吾人的行为要纯然以此目的为指归。第三，达此目的之方法，在于明理，即所谓事理通达，心气和平（spirit of human reasonableness）即儒家中庸之道，又可称为"庸见的崇拜"（religion of commonsense）。

中国的人文主义者，自信对于人生真义问题已得解决。以中国人的眼光看来，人生的真义，不在于死后来世，因为基督教所谓此生所以待毙，中国人不能了解；也不在于涅槃，因为这太玄虚；也不在于建树勋业，因为这太浮泛；也不在于"为进步而进步"，因为这是毫无意义的。所以人生真义这个问题，久为西洋哲学宗教家的悬案，中国人以只求实际的头脑，却解决得十分明畅。其答案就在于享受淳朴生活，尤其是家庭生活的快乐（如父母俱存、兄弟无故等），及在于五伦的和睦。暮从碧山下，山月随人归，或是云淡风轻近午天，傍花随柳过前川，这样淡朴的快乐，自中国人看来，不仅是代表含有诗意之片刻心境，乃为人生追求幸福的目标。得达此境，一切泰然。这种人生理想并非如何高尚（参照罗斯福氏所谓"殚精竭力的一生"），也不能满足哲学家玄虚的追求，但是却来得十分实在。愚见这是一种异常简单的理想，因其异常简单，所以非中国人的实事求是的头脑想不出来，而且有时使我们惊诧，这样简单的答案，西洋人何以想不出来。鄙见中国与欧洲之不同，即欧人多发明可享乐之事物，却较少有消受享乐的能力，而中国人在单纯的环境中，较有消受享乐之能力与决心。

此为中国文化之一大秘诀。因为中国人能明知足常乐的道理，又有今朝有酒今朝醉、处处想偷闲行乐的决心，所以中国人生活求安而不求进，既得目前可行之乐，即不复追求似有似无疑实疑虚之功名事业。所以中国的文化主静，与西人勇往直前跃跃欲试之精神大相径庭。主静者，其流弊在于颓丧潦倒。然兢兢业业熙熙攘攘者，其病在于常患失眠。人生究竟几多日，何事果值得失眠乎？诗人所谓共谁争岁月，赢得鬓边髯。伍廷芳使美时，有美人对伍氏叙述某条铁道建成时，由费城到纽约可省下一分钟，言下甚为得意。伍氏淡然问他："但是此一分钟省下来时，作何用处？"美人瞠目不能答复。伍氏答语最能表示中国人文主义之论点。因为人文主义处处要问明："你的目的何在？何所为而然？"这样的发问，常会发人深省的。譬如英人每讲户外运动以求身体舒适（keeping fit），英国有名的滑稽周报 *Punch* 却要发问："舒适做什么用？"（fit for what？原双关语意为"配做什么用？"）依我所知这个问题到此刻还没回答，且要得到完满的回答，也要有待时日。厌世家曾经问过，假使我们都知道所干的事是为什么，世上还有人肯去干事吗？譬如我们好讲妇女解放自由，而从未一问，自由去做甚？中国的老先生坐在炉旁大椅上要不敬的回答，自由去婚嫁。这种人文主义冷静的态度，每易煞人风景，减少女权运动者之热诚。同样的，我们每每提倡普及教育、平民识字，而未曾疑问，所谓教育普及者，是否要替《逐日邮报》及 *Beaverbrook* 的报纸多制造几个读者？自然这种冷静的态度，易趋于守旧，但是中西文化精神不同之情形，确是如此。

其次，所谓人文主义者，原可与宗教相对而言。人文主义既认定人生目的在于今世的安福，则对于一切不相干问题一概毅然置之不理。宗教之信条也，玄学的推敲也，都摒弃不谈，因为视为不足谈。故中国哲学始终限于行为的伦理问题，鬼神之事，若有若无，简直不值得研究，形而上学的哑谜，更是不屑过问。孔子早有未知生焉知死之名言，诚以生之未能，遑论及死。我此次居留纽约，曾有牛津毕业之一位教师质问我，谓最近天文学说推测，经过几百万年之后太阳渐灭，地球上生物必歼灭无遗，如此岂非使我们益发感到魂灵不朽之重要；我告诉他，老实说我个人一点也不着急。如果地球能再存在五十万年，我个人已经十分满足。人类生活若能再生存五十万年，已经尽够我们享用，其余都是形而上学无谓的烦恼。况且一人的灵魂可以生存五十万年，尚且不肯干休，未免夜郎自大。所以牛津毕业生之焦虑，实足代表日耳曼族心性，犹如个人之置五十万年外事物于不顾，亦足代表中国人的心性。所以我们可以断言，中国人不会做好的基督徒，要做基督徒便应入教友派（Quakers），因为教友派的道理，纯以身体力行为出发点，一切教条虚文，尽行废除，如废洗礼、废教士制等。佛教之渐行中国，结果最大的影响，还是宋儒修身的理学。

人文主义的发端，在于明理。所谓明理，非仅指理智理论之理，乃情理之理，以情之理相调和。情理二字与理论不同，情理是容忍的、执中的、凭常识的、论实际的，与英文commonsense含义与作用极近。理论是求彻底的、趋极端的、凭专家学识的、尚理想的。讲情理者，其归结就是中庸之道。此庸字虽解为"不易"，实即与 commonsense 之 common 原义相同。中庸之道，实即庸人之道，学者专家所失，庸人每得之。执理论者必趋一端，而离实际；庸人则不然，凭直觉以断事之是非，事理本是连续的、整个的，一经逻辑家之分析，乃成断片的，分甲乙丙丁等方面，而事理之是非已失其固有之面目。惟庸人综观一切而下以评判，虽不中，已去实际不远。

中庸之道既以明理为发端，所以绝对没有玄学色彩，不像西洋基督教把整个道学内的一段神话为基础。（按《创世记》第一章记始祖亚当吃苹果犯罪，以致人类于万劫不复，故有耶稣钉十字架赎罪之必要。假使亚当当日不吃苹果，人类即不堕落，人类无罪，赎之谓何，耶稣降世，可一切推翻，是全耶教教义基础，系于一粒苹果之有无。保罗神学之论理基础如此，不亦危乎？）人文主义的理想在于养成通达事理之士人。凡事以近情近理为目的，故贵中和而恶偏倚，恶执一，恶狂狷，恶极端理论。罗素曾言："中国人于美术上力求细腻，于生活上力求近情。"（In art they aim at being exquisite, and in life at being reasonable，见《论东西文明之比较》一文。）在英文，所谓 do be reasonable 即等于"毋苛求""毋迫人太甚"。对人说："你也得近情些。"即说"勿为已甚"。所以近情，即承认人之常情，每多弱点，推己及人，则凡事宽恕、容忍，而是趋于妥洽。妥洽就是中庸。尧训舜"允执其中"，孟子曰"汤执中"，《礼记》曰"执其两端，用其中于民"。用白话解释就是这边听听，那边听听，结果打个对折，如此则一切一贯的理论都谈不到。譬如父亲要送儿子入大学，不知牛津好，还是剑桥好，结果送他到伯明罕。所以儿子由伦敦出发，车过不烈出来，不肯东转剑桥，也不肯西转牛津，便只好一直向北坐到伯明罕。那条伯明罕的路，便是中庸之大道。虽然讲学不如牛津与剑桥，却可免伤牛津剑桥的双方好感。明这条中庸主义的作用，就可以明中国历年来政治及一切改革的历史。季文子三思而后行，孔子评以再思可矣，也正是这个中和的意思，再三思维，便要想入非非。可见中国人，连用脑都不肯过度。故如西洋作家，每喜立一说，而以此一说解释一切事实。例如亨利第八之娶西班牙加特琳公主，Froude 说全出于政治作用，Bishop Creighton 偏说全出于色欲的动机，实则依庸人评判，打个对折，两种动机都有，大概较符实际。又如犯人行凶，西方学者，唱遗传论者，则谓都是先天不是；唱环境论者，又谓一切都是后天不是，在我们庸人的眼光，打个对折，岂非简简单单先天后天责任要各负一半？中国学者则少有此种极端的论调。如 Picasso 拿 Cezanne 一句本来有理的话，说一切物体都是三角形、圆锥形、立方体所并成，而把这句话推至极端，创造立方画一派，在中国人是万不会有的。因为这样推类至尽，便是欠中庸，便是欠庸见（commonsense）。

因为中国人主张中庸，所以恶趋极端，因为恶趋极端，所以不信一切机械式的法律制度。凡是制度，都是机械的、不徇私的、不讲情的，一徇私讲情，则不成其为制度。但是这种铁面无私的制度与中国人的脾气，最不相合。所以历史上，法治在中国是失败的。法治学说，中国古已有之，但是总得不到民众的欢迎。商鞅变法，蓄怨寡恩，而卒车裂身殉。秦始皇用李斯学说，造出一种严明的法治，得行于羌夷势力的秦国，军事政制、纪纲整饬，秦以富强，但是到了秦强而有天下，要把这法治制度行于中国百姓，便于二三十年中全盘失败。万里长城，非始皇的法令筑不起来，但是长城虽筑起来，却已种下他亡国的祸苗了。这些都是中国人恶法治，法治在中国失败的明证，因为绳法不能徇情，徇情则无以立法。所以儒家唱尚贤之道，而易以人治，人治则情理并用，恩法兼施，有经有权，凡事可以"通融""接洽""讨情""敷衍"，虽然远不及西洋的法治制度，但是因为这种人治，适宜于好放任自由个人主义的中国民族，而合于中国人文主义的理论，所以二千年一直沿用下来。至于今日，这种通融、接洽、讨情、敷衍，还是实行法治的最大障碍。

　　但是这种人文主义虽然使中国不能演出西方式的法治制度，在另一方面却产出一种比较和平容忍的文化。在这种文化之下，个性发展比较自由，而西方文化的硬性发展与武力侵略，比较受中和的道理所抑制。这种文化是和平的，因为理性的发达与好勇斗狠是不相容的。好讲理的人，即不好诉之武力，凡事趋于妥洽，其弊在怯。中国人互相纷争时，每以"不讲理"责对方，盖默认凡受教育之人都应讲理。虽然有时请讲理者是为拳头小之故。英国公学，学生就有决斗的习惯，胜者得意，负者以后只好谦让一点，俨然承认强权即公理，此中国人所最难了解者。即决斗之后，中外亦有不同，西人总是来的干脆，行其素来彻底主义，中国人却不然，因为理性过于发达，打败的军人，不但不枭首示众，反由胜者由国帑中支出十万圆买头等舱位将败者放洋游历，并给以相当名目，不是调查卫生，便是考察教育，此为欧西各国所必无的事。其所以如此者，正因理性发达之军人深知天道好还。世事沧桑，胜者欲留为后日合作的地步，败者亦自忍辱负重，预做游历归来亲善携手的打算，若此的事理通达，若此的心气和平，固世界绝无而仅有也。所以少知书识字的中国人，认为凡锋芒太露，或对敌方"不留余地"者为欠涵养，谓之不祥。所以《凡尔赛条约》依中国士人的眼光看来便是欠涵养。法人今日之所以坐卧不安时作噩梦者，正因订《凡尔赛条约》时没有中国人的明理之故。

　　但是我也须指出，中国人的讲理性，与希腊人之"温和明达"（sweetness and light）及西方任何民性不同。中国人之理性，并没有那末神化，只是庸见之崇拜（religion of commonsense）而已。自然曾参之中庸与亚里斯多德之中庸，立旨大同小异。但是希腊的思想风格与西欧的思想风格极相类似，而中国的思想却与希腊的思想大不相同。希腊人的思想是逻辑的、分析的，中国人的思想是直觉的、组合的。庸见之崇拜，与逻辑理论极不相容，其直觉思想，颇与玄性近似。直觉向来称为女人的专利，是否因为女性短于理论，不得而知。女性直觉是否可靠，也是疑问，不然何以还有多数老年的从前贵妇还在曼梯卡罗赌场上摸摸袋里一二法郎，碰碰造化？但是中国人思想与女性，尚有其他相同之点。女人善谋自存，中国人亦然，女人实际主义，中国人亦然。女人有论人不论事的逻辑，中国人亦然。比方有一位虫鱼学教授，由女人介绍起来，不是虫鱼学教授，却是从前我在纽约时死在印度的哈利逊上校的外甥。同样的中国的推事头脑中的法律，并不是一种抽象的法制，而是行之于某黄上校或某郭军长的未决的疑问。所以遇见法律不幸与黄上校冲突时总是法律吃亏。女人见法律与她的夫婿冲突时，也是多半叫法律吃亏。

　　在欧洲各国中，我认为英国与中国民性最近，如相信庸见、讲求实际等。但是英国人比中国人相信系统制度，兼且在制度上有特著的成绩，如英国银行制度、保险制度、邮务制度，甚至香槟跑马的制度。若爱尔兰的大香槟，连叫中国人去检勘票号（count the counterfoils），就是奖金都送给他，也检不出来。至于政治社会上，英国人向来的确是以超逸逻辑，凭恃庸见，只求实际著名。相传英人能在空中踏一条虹，安然度过。譬如剜肉医疮式补缀集成的英人杰作——英国的宪法——谁也不敢不佩服的，谁都承认他只是捉襟见肘关前不顾后的补缀工作，但是实际上，他能保障英人的生命自由，并且使英人享受比法国、美国较实在的民治。我们既在此地，我也可以顺便提醒诸位，牛津大学是一种不近情理的凑集组合历史演变下来的东西，同时我们不能不承认他是世界最完善、最理想的学府之一。在此地，我们已经看出中英民性的不同，因为必有相当的制度组织，这种的伟大创设才能在几百年中继续演化出来。中国人却缺乏这种对制度组织的相信。我深信中国人若能从英人学点制度的信仰与组织的能力，而英人若从华人学点及时行乐的决心与赏玩山水的雅趣，两方都可获益不浅。

第一卷第一号《申报月刊》

学风与教育

——大夏大学演讲稿

一　求学之二事

诸位，读书求学表面似乎繁难，认真看来只是二事而已，一读书，二求师。前者为人与书之关系，后者为人与人之关系。关于第一项，即如何读书，鄙人已于前日在光华大学演讲时论到。总括一句话，就是"兴味到时，拿起一本书来就读"。此为读书之本旨，其余如拿文凭、算分数、升班级，这都是题外的事，与读书本旨无关。在学校方面，唯一的义务，是如何与学生充分自由看书的机会。依现在制度，每天摇铃上课、摇铃吃饭、摇铃运动、摇铃睡觉，不但不与学生充分自由看书的机会，简直使自由看书为不可能的事实。现在大学成绩不好，毕业生看过的书极其有限，就是因为现在制度之不良，不与人充分自由看书之机会所致。我曾假定，光华或大夏学生千名，每人以百圆学费，交与学校尽量买书，合千人之学费可得十万圆，由学校备一极大空屋，许多书架，将此十万圆书籍放于空屋中，由学生胡乱去翻看，其成绩必比一年照例上课的成绩优良。现在以十万圆的学费，一成买书，九成养教授及教授的妻室子女，实是一种罪过。这是关于读书方面之结论。

但是有人说这是偏激之论。学问之事，必赖师长之启迪指示，窗友之切磋琢磨。所贵乎学校者，在使几位孜孜向学的青年能得前辈学者的教诲诱导，所以十万圆中以九万圆养教授，也是天理所容，报销得过去。于是我们就不得不来谈这求学的第二问题，就是这人与人的问题。这人与人的问题，说来也是极其简单，一句话说，就是端赖于一种空气作用，就是所谓学风。假定某校能造成一种学问的风气，鼓舞人求学的兴趣，这十万圆的学费也是值得花的。否则可谓失了人与人教育之本旨。学校团体苟能造成讲学的空气，办学成绩无不成功。反是就一切的章程制度设备课程，都是徒然。现在要与诸位讨论的，就是这学风与空气教育之意义及今日学风何以不振的问题。

二　论读书的气味

兄弟个人是深信"学风"两字的一人。学是学问，风是风气，这并没有什么难解，也没有什么玄奥。我深信凡是真正的教育，都是风气作用。风气就是空气。"空气好"，使一班青年朝夕浸染其中，无论上课不上课，考试不考试，学问都会好的。"空气不好"，无论考试如何严格，校纪如何整饬，学问是不会好的。因为学问这个东西，属于无形，所求于朝夕的熏染陶养，绝非一些分班级、定分数外表的形式制度所能勉强造成。古人所谓春风化雨，乃得空气教育之真义，必使学者日夕早晚浸润其中，如得春风时雨之化泽，不觉中自然熏陶出来一个读书人的身分。古人又有所谓世代书香，一人在良好讲学的空气中熏陶几年，即使没有什么专精的造就，走出来谈吐举止，总有满身的书香，不至于处处露出俗气俗态。你们能得了这满身书香的气味，即使心理、逻辑、经济、政治都不及格，也已不愧为一位读书人，也可不辜负四年入学的光阴。昔黄庭坚谓三日不读书，便觉语言无味，面目可憎；梁高祖谓三日不读谢玄微诗便觉口臭。我认为你们不升级不毕业，都不要紧，但断断不可口臭，也不可语言无味，面目可憎；这是读书之第一要义。

三　所谓整顿学风

依此法讲来，学风者乃学问之风气，由风气之感化熏染而造出一读书人来。现在所谓"学风"，已误解二字之意义。凡讲学风者，都是说现在"学风不好"，都主张来"整顿"一下。其实学问之风气，不过是一种空气，如何整顿法子？所谓学风好，都是说不闹风潮，不驱教员，不在饭厅拍桌摔碗，不抱校长而置之大门之外之类。其实这都失了学风之本意，与讲学之风气无涉。这种的所谓学风是消极的，不是积极的，是注意在保持学生教员相安一时，不相吵架，不是注意于制造学问的空气，来做教育的最大的动力。因为没有这个讲学的空气，所以学风不好，因为学风不好所以有人为世道人心，狠狠的下了决心要用武力来给他"整饬"一下。从前章行严长教育，鉴于学风之嚣张，在天安门安放机关枪，想靠那架机关枪，要来整顿学风，维持世道。可惜学生早已闻风而逃，天安门会不到，于是机关枪无法放射，学风无从整顿，而章行严悲天悯人之愿，不能偿还。后来为塘沽案件，学生又来到国务院请愿，于是整顿学风之机会又来了。幸亏此次军警布置周密，大刀、阔斧、铁鞭、勇士，埋伏得稳妥，由是学生走入虎穴，酿成"三·一八"的惨祸，伏尸流血，盈街载道，而"学风"得以"大振"。这是极端的例，但是今日之持整饬学风论者何尝不是同一心理，虽然不用铁鞭、大刀、毛瑟枪，却用了不少无形的武器，要强迫你们规矩念书。夫所谓整顿学风，是整饬学校纪纲而已，与学问之事何涉，与讲学空气何关？上焉者最多叫你们考试时不要抄袭，听先生话时记得"唯唯诺诺"有服从的美德，下焉者叫你们不要在饭厅敲摔饭碗，不要跑到教员家里请教员滚蛋而已。但是除此之外，于你们的学问何补？须知学校纪律严明，校风整饬，最多教了一群驯羊，按部就班，升级毕业，勉强过了读书的苦劫而已。但是注册部能强你们得学问的皮毛，决不能强你们得学问的神髓；能强你们拿一张文凭回去告无罪于你们的父母家长，决不能强你们读书成名；能教你们做乡愿的塾师，决不能教你们做跌宕的文人。要造成跌宕的文人与旷达的学者，还是要依我所谓"空气教育"着手。

四　空气教育

这个空气教育，怎样讲呢？我已说过，凡真正有效的教育都是"空气作用"，在于相当讲学的空气中，使人人见贤

思齐，图自策励，以求不落人后。谁有这"制造空气"之本
领，便是最好的校长。有了这样浓厚讲学的空气，上行下效，
学问自然会好。我们看古时中国学风之盛衰隆退，都是一种
空气的关系。凡有一代名儒大师翕然为天下宗，便成一代独
特的风气。如清朝，我们可以说是文风极盛之时，如阮文达
为总裁会试之时，取士极多，为天下开一种治学的空气，后
来看他在两江，在江西在广东到处都是提倡讲学，到处人士
闻风而起。我们看他计划主编《经籍纂诂》时，幕下真是济
济多士。试问乾嘉时代何以忽然有一班很好的学者？都是因
为有一种特别的风气。讲学之空气成，人才必出。远如前朱
熹之在白鹿书院讲学，顾宪成之主东林书院，近如钱大昕之
主紫阳书院，康有为之主万木草堂，都足以起一代的风气，
这是兄弟所谓真正的学风。无论经学词章，以至文人习气，
都是受了这种空气的支配。阮籍、嵇康放荡狂肆，天下称"贤"，
而一时士人争相仿效。唐人重词章，宋人讲义理，明人尚气节，
清人讲考据，各代有各代的风气。其在诗词，比如王渔洋倡
神韵，而成一派，袁子才主性灵，又起一重的反应，这其中
都是空气之作用。袁子才之例，尤为明显。因为他收女弟子，
而一时有不少女诗人出现，成为一种风气，虽经章学诚之反
对，终不能制止此种风气的势力。

　　所以学问之道，与女生之时装相同。风气所趋，都可不
学而能。有时我们听见过女子说她代数几何学不来，但未听
见过有女子不会穿高跟鞋，不会烫头发。为什么呢？因为风
气使然。所贵乎学校者在一小小的环境之中，师友所谈，耳

目所濡，都能充满一种尚学好学的空气，足以步步引人入胜，或者未见其书，先闻其书名，或者未闻其书名，先知其作者及作者之身世。如此熏染既久，自然对于学问的大体，思想之流变，现代之趋势，都能大约了然于胸中了。

五　所谓"学风不好"

如此说来，"学风"二字真不易讲。广义讲，学风就是士风，并不限于学校团体。士风卑鄙凋敝，学校里讲仁义，毕业后丧廉耻者，于今天下，真是滔滔皆是。在上不足为在下的表率、无学术的创著、无坚孤的操行，都想屈于一人之下，立于万人之上。这些人率军警，荷枪实弹，要来整顿学风，是无补于实际的。但是兄弟是主张不讲仁义道德，圣人不死，大盗不止，于今为信。今日补救道德之唯一办法，是少拍通电，歌颂武人的功德，多置牢狱，惩办贪污的官僚，吓吓他们，余者都是空言无补。所以我们讲学风，也应撇开礼义廉耻不讲，而仅讲学术文章。这狭义的"学风不好"怎样讲呢？一句话说，就是读书人不读书，著作界沉寂，学术浅薄，文章萎靡。这是今日学风不振之真义。有外人来问我最近三年中国出版界有什么名著杰作。我告诉他最名贵的杰作，还不是"作"，是商务的"影印"百衲本《二十四史》及丁福保的撮集影印《说文诂林》而已。论述思想之文，连前几年梁漱溟《中西文化及其批评》一样的论著，都不可再见。郭沫若的《古代社会之研究》，可谓聊具创解，但是只算一种发轫，未能称为巨著。其余书摊所见都是一些摭拾得来的东西。其在文学，革命文学甚嚣尘上者数年，除茅盾之作品以外，却极少体大思精之作。

同时知识界四分五裂，已入散漫不可收拾之状，言论界相率
"学乖"，噤若寒蝉，避谈政治，如恶蛇蝎。长辈与后辈之间，
截然如有鸿沟，失了彼此提携勖励之力。前辈的学行既不足
为后辈之表率，青年思想遂失了重心。这是今日学风不振的
现象。

六　学风何以不好

所以，这样讲，学风之所以不好，因为三十岁以上的人
不读书，不著书。学问之事，必须潜心研究，日积月累然后
有所成就。若非一鸣惊天下的英才，都得靠窗前灯下数十年
的玩摩思索，然后可以著述。责二十岁的青年以维持学风的
重任，未免说不过去。现此三十岁以上的人为什么不念书呢？
一半因为太忙。学而优则仕，是中国的惯例。你想一人膺党
国之重任，又要忧天下，又要做监督，又要兼校长，又要念
遗嘱，又要侍候太太，真是百务猬集，再叫他们开卷读书，
未免于心不忍。所以他们大人先生一时被人邀请，莅校演讲，
想不起题目，还是来劝你们趁宝贵光阴规矩念书，勿谈国是，
想把读书的责任，一齐推到你们身上，如彼拉多洗手将耶稣
交给犹太民众，其辞可悯，而其情实可哀。君子不苛求于人，
所以我们情愿坐见学风之凋敝，而不可去劝大人先生们看书。

由治学走入干禄，这是中国知识阶级未能团固势力，而
埋没了一部分好汉的大原因。至于三十以上未入仕宦的教员，
想要读书，又苦无那读书的清闲。古人所谓国家养士，盖明
凡士必待人豢养之理。这从孟尝君、淮南子等早已开其先例。
满清汪中遗书与毕秋帆想敲其竹杠，说："天下有中，公无

不知之理；天下有公，中无穷乏之理。"毕知府给他五百金，这可代表中国文人一向在社会上所占经济的地位。现在我们社会破产，养士也养得不好，累得一班大学教授，东奔西窜，以求糊口。听说北平竟有每周担任七十余小时的教授。按每周六日工作计算，每日应作十二小时，睡觉之不暇，遑论读书？这又是犯了以上所谓太忙的毛病。所以我们仍旧情愿坐见学风之颓败，而不可去劝教员先生们读书著书。

　　因为仕与不仕的三十以上的知识阶级一律太忙，不读书，不著书，所以无书可读，所以学风不好，这还能怪谁呢？移风易俗。有待时日，整顿学风，谈何容易。所以我还是劝诸位认点晦气，将读书责任，由大人先生们的手上接过来，矢志专一，替他们读书，把一切文凭学位校纪章程都置诸度外，到了你们三十时候，也许已经有了多多的著述，有了较好的学风，可为后辈的表率。我知那时的后学将闻风而起，而无你们带军警、毛瑟枪去"整顿学风"之必要了。

论读书

——12 月 8 日复旦大学演讲稿
又同 13 日大夏大学演讲稿

　　本篇演讲只是谈谈本人对于读书的意见，并不是要训勉青年，亦非敢指导青年。所以不敢训勉青年有两种理由：第一，因为近来常听见贪官污吏到学校致训词，叫学生须有志操、有气节、有廉耻；也有卖国官僚到大学演讲，劝学生要坚忍卓绝，做富贵不能淫威武不能屈的大丈夫。孟子曰，人之患在好为人师，料想战国的土豪劣绅亦必好训勉当时的青年，所以激起孟子这样不平的话。第二，读书没有什么可以训勉。世上会读书的人，都是书拿起来自己会读。不会读书的人，亦不曾因为指导而变为会读。譬如数学，出五个问题叫学生去做，会做的人是自己脑里做出来的，并非教员教他做出，不会做的人经教员指导，这一题虽然做出，下一题仍旧非指导不可，数学并不会因此高明起来。我所要讲的话于你们本会读书的人，没有什么补助；于你们不会读书的人，也不会使你们变为善读书。所以今日谈谈，亦只是谈谈而已。

读书本是一种心灵的活动，向来算为清高。"万般皆下品，惟有读书高。"所以读书向称为雅事乐事。但是现在雅事乐事已经不雅不乐了。今人读书，或为取资格、得学位，在男为娶美女，在女为嫁贤婿，或为做老爷、踢屁股，或为求爵禄、刮地皮，或为做走狗、拟宣言，或为写讣闻、做贺联，或为当文牍、抄账簿，或为做相士、占八卦，或为做塾师、骗小孩……诸如此类，都是借读书之名，取利禄之实，皆非读书本旨。亦有人拿父母的钱，上大学，跑百米，拿一块大银盾回家，在我是看不起的，因为这似乎亦非读书的本旨。

今日所谈，亦非指学堂中的读书，亦非指读教授所指定的功课。在学校读书有四不可：（一）所读非书。学校专读教科书，而教科书并不是真正的书。今日大学毕业的人所读的书极其有限。然而读一部小说概论，到底不如读《三国》《水浒》；读一部历史教科书，不读《史记》。（二）无书可读。因为图书馆极有限。（三）不许读书。因为在课室看书，有犯校规，例所不许。倘是一人自晨至晚上课，则等于自晨至晚被监禁起来，不许读书。（四）书读不好。因为处处受注册部干涉，毛孔骨节，皆不爽快。且学校所教非慎思明辨之学，乃记问之学。记问之学不足为人师，《礼记》早已说过。书上怎样说，你便怎样答，一字不错，叫做记问之学。倘是你能猜中教员心中要你如何答法，照样答出，便得一百分，于是沾沾自喜，自以为西洋历史你知道一百分，其实西洋历史你何尝知道百分之一。学堂所以非注重记问之学不可，是因为便于考试。如拿破仑生卒年月，形容词共有几种。这些不必用头脑，只需强记，然学校考试极其便当，差一年可扣一分；然而事实上与学问无补，你们的教员，也都记不得。要用时自可在百科全书上去查。又如罗马帝国之亡，有三大原因，书上这样讲，你们照样记，然则事实上问题极复杂。有人说罗马帝国之亡，是亡于蚊子（传布寒热疟），这是书上所无的。

今日所谈的是自由的看书读书，无论是在校、离校、做教员、做学生、做商人、做政客闲时的读书。这种的读书，所以开茅塞，除鄙见，得新知，增学问，广识见，养性灵。人之初生，都是好学好问，及其长成，受种种的俗见俗闻所蔽，毛孔骨节，如有一层包膜，失了聪明，逐渐顽腐。读书便是将此层蔽塞聪明的包膜剥下。能将此层剥下，才是读书人。并且要时时读书，不然便会鄙吝复萌，顽见、俗见生满身上，一人的落伍、迂腐、冬烘，就是不肯时时读书所致。所以读书的意义，是使人较虚心，较通达，不固陋，不偏执。一人在世上，对于学问是这样的：幼时认为什么都不懂，大学时自认为什么都懂，毕业后才知道什么都不懂，中年又以为什么都懂，到晚年才觉悟一切都不懂。大学生自以为心理学他也念过，历史地理他亦念过，经济科学也都念过，世界文学艺术声光化电，他也念过，所以什么都懂。毕业以后，人家问他国际联盟在那里，他说"我书上未念过"，人家又问法西斯蒂在意大利成绩如何，他也说"我书上未念过"，所以觉得什么都不懂。到了中年，许多人娶妻生子，造洋楼，有身分，做名流，戴眼镜，留胡子，拿洋棍，沾沾自喜，那时他的世界已经固定了：女子放胸是不道德，剪发亦不道德，社会主义就是共产党，读《马氏文通》是反动，节制生育是亡种逆天，提倡白话是亡国之先兆，《孝经》是孔子写的，大禹必有其人，……意见非常之多而且确定不移，所以又是什么都懂。其实是此种人久不读书，鄙吝复萌所致。此种人不可与深谈。但亦有常读书的人，老当益壮，其思想每每比青年激进，就是能时时读书，所以心灵不曾化石，变为古董。

读书的主旨在于排脱俗气。黄山谷谓人不读书便语言无味，面目可憎。须知世上语言无味面目可憎的人很多，不但商界政界如此，学府中亦颇多此种人。然语言无味、面目可憎在官僚商贾则无妨，在读书人是不合理的。所谓面目可憎，不可作面孔不漂亮解，因为并非不能奉承人家，排出笑脸，所以"可憎"；胁肩谄笑，面孔漂亮，便是"可爱"。若欲求美男子小白脸，尽可于跑狗场、跳舞场，及政府衙门中求之。有漂亮脸孔，说漂亮话的政客，未必便面目不可憎。读书与面孔漂亮没有关系，因为书籍并不是雪花膏，读了便会增加你的容辉。所以面目可憎不可憎，在你如何看法。有人看美人专看脸蛋，凡有鹅脸柳眉皓齿朱唇都叫做美人。但是识趣的人若李笠翁看美人专看风韵，李笠翁所谓三分容貌有姿态等于六七分，六七分容貌，乏姿态等于三四分。有人面目平常，然而谈起话来，使你觉得可爱；也有满脸脂粉的摩登伽、洋囡囡，做花瓶、做客厅装饰甚好，但一与交谈，风韵全无，便觉得索然无味。黄山谷所谓面目可憎不可憎亦只是指读书人之议论风采说法。若《浮生六记》的芸，虽非西施面目，并且前齿微露，我却觉得是中国第一美人。男子也是如是看法。章太炎脸孔虽不漂亮，王国维虽有一条辫子，但是他们是有风韵的，不是语言无味面目可憎的，简直可认为可爱。亦有漂亮政客、做武人的兔子姨太太，说话虽然漂亮，听了却令人作呕三日。

至于语言无味（着重"味"字），那全看你所读是什么书及读书的方法。读书读出味来，语言自然有味，语言有味，做出文章亦必有味。有人读书读了半世，亦读不出什么味儿来，那是因为读不合意的书，及不得其读法。读书须先知味。这味字，是读书的关键。所谓味，是不可捉摸的，一人有一人胃口，各不相同，所好的味亦异。所以必先知其所好，始能读出味来。有人自幼嚼书本，老大不能通一经，便是食古不化勉强读书所致。袁中郎所谓读所好之书，所不好之书可让他人读之，这是知味的读法。若必强读，消化不来，必生痞积胃滞诸病。

口之于味，不可强同，不能因我之所嗜好以强人。先生不能以其所好强学生去读，父亲亦不得以其所好强儿子去读。所以书不可强读，强读必无效，反而有害，这是读书之第一义。有愚人请人开一张必读书目，硬着头皮咬着牙根去读，殊不知读书须求气质相合。人之气质各有不同，英人俗语所谓"在一人吃来是补品，在他人吃来是毒质"。因为听说某书是名著，因为要做通人，硬着头皮去读，结果必毫无所得。过后思之，如做一场噩梦。甚且终身视读书为畏途，提起书名来便头痛。萧伯纳说许多英国人终身不看莎士比亚，就是因为幼年塾师强迫背诵种下的果。许多人离校以后，终身不再看诗，不看历史，亦是旨趣未到学校追其必修所致。

所以读书不可勉强，因为学问思想是慢慢胚胎滋长出来。其滋长自有滋长的道理，如草木之荣枯，河流之转向，各有其自然之势。逆势必无成就。树木的南枝遮荫，自会向北枝发展，否则枯槁以待毙。河流遇了矶石悬崖，也会转向，不是硬冲，只要顺势流下，总有流入东海之一日。世上无人人必读之书，只有在某时某地某种心境不得不读之书。有你所应读，我所万不可读，有此时可读，彼时不可读。即使有必读之书，亦绝非此时此刻所必读。见解未到，必不可读，思想发育程度未到，亦不可读。孔子说五十可以学《易》，便是说四十五岁时尚不可读《易经》。刘知几少读古文《尚书》，挨打亦读不来，后听同学读《左传》，甚好之，求授《左传》，乃易成诵。《庄子》本是必读之书，然假使读《庄子》觉得索然无味，只好放弃，过了几年再读。对《庄子》感觉兴味然后读《庄子》，对马克思感觉兴味，然后读马克思。

且同一本书，同一读者，一时可读出一时之味道出来。其景况适如看一名人相片，或读名人文章，未见面时，是一种味道，见了面交谈之后，再看其相片，或读其文章，自有另外一层深切的理会。或是与其人绝交以后，看其照片，读

其文章，亦另有一番味道。四十学《易》是一种味道，五十
而学《易》，又是一种味道。所以凡是好书都值得重读的。
自己见解愈深，学问愈进，愈读得出味道来。譬如我此时重
读 Lamb 的论文，比幼时所读全然不同，幼时虽觉其文章有趣，
没有真正魂灵的接触，未深知其文之佳境所在。也许蒋介石
未进过小学，或进小学而未读过地理，或读地理而未觉兴味；
然今日之蒋介石翻看闽浙边界地图，便觉津津有味。一人背
痛，再去读范增的传，始觉趣味。或是叫许钦文在狱中读清
初犯文字狱的文人传记，才别有一番滋味在心头。

　　由是可知读书有二方面，一是作者，一是读者。程子谓《论
语》读者有此等人与彼等人，有读了全然无事者，亦有读了
不知手之舞之足之蹈之者。所以读书必以气质相近，而凡人
读书必找一位同调的先贤，一位气质与你相近的作家，作为
老师。这是所谓读书必须得力一家。不可昏头昏脑，听人戏弄，
庄子亦好，荀子亦好，苏东坡亦好，程伊川亦好。一人同时
爱庄荀，或同时爱苏程是不可能的事。找到思想相近之作家，
找到文学上之情人，必胸中感觉万分痛快，而魂灵上发生猛
烈影响，如春雷一鸣，蚕卵孵出，得一新生命，入一新世界。
George Eliot 自叙读《卢梭自传》，如触电一般。尼采师叔本华，
萧伯纳师易卜生，虽皆非及门弟子，而思想相承，影响极大。
当二子读叔本华、易卜生时，思想上起了大影响，是其思想
萌芽学问生根之始。因为气质性灵相近，所以乐此不疲，流
连忘返；流连忘返，始可深入；深入后，然后如受春风化雨
之赐，欣欣向荣，学业大进。

　　谁是气质与你相近的先贤，只有你知道，也无须人家指导，更无人能勉强，你找到这样一位作家，自会一见如故。苏东坡初读《庄子》，如有胸中久积的话，被他说出，袁中郎夜读徐文长诗，叫唤起来，叫复读，读复叫，便是此理。这与"一见倾心"之性爱（love at first sight）同一道理。你遇到这样作家，自会恨相见太晚。一人必有一人中意的作家，各人自己去找去。找到了文学上的爱人，他自会有魔力吸引你，而你也乐自为所吸，甚至声音相貌，一颦一笑，亦渐与相似。这样浸润其中，自然获益不少，将来年事渐长，厌此情人，再找别的情人，到了经过两三个情人，或是四五个情人，大概你自己也已受了熏陶不浅，思想已经成熟，自己也就成了一位作家。若找不到情人，东览西阅，所读的未必能沁入魂灵深处，便是逢场作戏，逢场作戏不会有心得，学问不会有成就。

　　知道情人滋味便知道"苦学"二字是骗人的话。学者每为"苦学"或"困学"二字所误。读书成名的人，只有乐，没有苦。据说古人读书有追月法、刺股法，及丫头监读法。其实都是很笨。读书无兴味，昏昏欲睡，始拿锥子在股上刺一下，这是愚不可当。一人书本排在面前，有中外贤人向你说极精彩的话，尚且想睡觉，便应当去睡觉，刺股亦无益。叫丫头陪读，等打盹时唤醒你，已是下流，亦应去睡觉，不应读书。而且此法极不卫生。不睡觉，只有读坏身体，不会读出书的精彩来。若已读出书的精彩来，便不想睡觉，故无丫头唤醒之必要。刻苦耐劳、淬励奋勉是应该的，但不应视读书为苦。视读书为苦，第一着已走了错路。天下读书成名

的人皆以读书为乐；汝以为苦，彼却沉湎以为至乐。必如一
人打麻将，或如人挟妓冶游，流连忘返，寝食俱废，始读出
书来。以我所知国文好的学生，都是偷看几百万言的《三国》
《水浒》而来，绝不是一学年读五六十页文选，国文会读好的。
试问在偷读《三国》《水浒》之人，读书有什么苦处？何尝
算页数？好学的人，于书无所不窥，窥就是偷看。于书无所
不偷看的人，大概才会成名。

有人读书必装腔作势，或嫌板凳太硬，或嫌光线太弱，
这都是读书未入门路，未觉兴味所致。有人做不出文章，怪
房间冷，怪蚊子多，怪稿纸发光，怪马路上电车声音太嘈杂，
其实都是因为文思不来，写一句，停一句。一人不好读书，
总有种种理由。"春天不是读书天，夏日炎炎最好眠，等到
秋来冬又至，不如等待到来年。"其实读书是四季咸宜。古
所谓"书淫"之人，无论何时何地可读书皆手不释卷，这样
才成读书人样子。顾千里裸体读经，便是一例，即使暑气炎热，
至非裸体不可，亦要读经。欧阳修在马上厕上皆可做文章，
因为文思一来，非做不可，非必正襟危坐明窗净几才可做文章。
一人要读书则澡堂、马路、洋车上、厕上、图书馆、理发室
皆可读。而且必办到洋车上、理发室都必读书，才可以读成书。

读书须有胆识，有眼光，有毅力。胆识二字拆不开，要
有识，必敢一有自己意见，即使一时与前人不同亦不妨。前
人能说得我服，是前人是，前人不能服我，是前人非。人心
之不同如其面，要脚踏实地，不可舍己耘人。诗或好李，或
好杜，文或好苏，或好韩，各人要凭良知，读其所好，然后

所谓好，说得好的道理出来。或竟苏韩皆不好，亦不必惭愧，亦须说出不好的理由来。或某名人文集，众人所称而你独恶之，则或系汝自己学力见识未到，或果然汝是而人非。学力未到，等过几年再读，若学力已到而汝是人非，则将来必发见与汝同情之人。刘知几少时读《前后汉书》，怪前书不应有《古今人表》，后书宜为更始立纪，当时闻者责以童子轻议前哲，乃"赧然自失，无辞以对"，后来偏偏发见张衡、范晔等，持见与之相同。此乃刘知几之读书胆识。因其读书皆得之襟腑，非人云亦云，所以能著成《史通》一书。如此读书，处处有我的真知灼见，得一分见解是一分学问，除一种俗见算一分进步，才不会落入圈套，满口滥调，一知半解，似是而非。

读书的艺术

此为十月二十六日为约翰大学讲稿后得。光华大学之邀，为时匆促，无以应之，即将此篇于十一月四日在光华重讲一次。

诸位，兄弟今日重游旧地，以前学生生活苦乐酸甜的滋味，都一一涌上心头。不但诸位所享弦诵的快乐，我能了解，就是诸位有时所受教员的委屈磨折、注册部的挑剔为难，我也能表同情。兄弟今日仍在读书时期，所不同者，不怕教员的考试，无虑分数之高低，更无注册部来定我的及格不及格、升级不升级而已。现就个人所认为理想的方法，与诸位学友通常的读书方法比较研究一下。

余积二十年读书治学的经验，深知大半的学生对于读书一事，已经走入错路，失了读书的本意。读书本来是至乐之事。杜威说，读书是一种的探险，如探新大陆，如征新土壤；

佛兰西也已说过，读书是"魂灵的壮游"，随时可以发现名山巨川、古迹名胜、深林幽谷、奇花异卉；到了现在，读书已变成仅求幸免扣分数留班级一种苦役而已。而且读书本来是个人自由的事，与任何人不相干。现在你们读书，已经不是你们的私事，而处处要受一些不相干的人的干涉，如注册部及你们的父母妻室之类。有人手里拿一书本，心里想我将何以赡养父母、俯给妻子，这实在是一桩罪过。试想你们看《红楼梦》《水浒传》《三国志》《镜花缘》，是否你们一己的私事，何尝受人的干涉，何尝想到何以赡养父母、俯给妻子的问题？但是学问之事，是与看《红楼梦》《水浒传》相同，完全是个人享乐的一件事。你们若不能用看《红楼梦》《水浒传》的方法去看《哲学史》《经济学大纲》，你们就是不懂得读书之乐，不配读书，失了读书之本意，而终读不成书。你们能真用看《红楼梦》《水浒传》的方法去看哲学、史学、科学的书，读书才能"成名"。若用注册部的方法读书，你们最多成了一个"秀士""博士"，成了吴稚晖先生所谓"洋绅士""洋八股"。

我认为最理想的读书方法，最懂得读书之乐者，莫如中国第一女诗人李清照及其夫赵明诚。我们想象到他们夫妇典当衣服，买碑文水果，回来夫妻相对展玩咀嚼的情景，真使我们向往不已。你想他们两人一面剥水果，一面赏碑帖，或者一面品佳茗，一面校经籍，这是如何的清雅，如何得了读书的真味。易安居士于《金石录后序》自叙他们夫妇的读书生活，有一段极逼真、极活跃的写照；她说"余性偶强记，每饭罢坐归来堂，烹茶指堆积书史，言某事在某书某卷第几页第几行，以中否角胜负，为饮茶先后。中即举杯大笑，至茶倾覆杯中，反不得饮而起，甘心老是乡矣！故虽处忧患困穷，而志不屈，……收藏既富，于是几案罗列，枕席狼藉，意会心谋，日往神授，乐在声色狗马之上。……"你们能用李清照读书的方法来读书，能感到李清照读书的快乐，你们大概也就可以读书成名，可以感觉读书一事，比巴黎跳舞场的"声色"、逸园的赛"狗"、江湾的赛"马"有趣。不然，还是看逸园赛狗、江湾赛马比读书开心。

什么才叫做真正读书呢？这个问题很简单，一句话说，兴味到时，拿起书本来就读，这才叫做真正的读书，这才是不失读书之本意。这就是李清照的读书法。你们读书时，须放开心胸，仰视浮云，无酒且过，有烟更佳。现在课堂上读书连烟都不许你抽，这还能算为读书的正轨吗？或在暮春之夕，与你们的爱人，携手同行，共到野外读《离骚经》，或在风雪之夜，靠炉围坐，佳茗一壶，淡巴菰一盒，哲学、经济、诗文、史籍十数本狼藉横陈于沙发之上，然后随意所之，取而读之，这才得了读书的兴味。现在你们手里拿一书本，心里计算及格不及格、升级不升级，注册部对你态度如何，如何靠这书本骗一只较好的饭碗，娶一位较漂亮的老婆——这还能算为读书，还配称为"读书种子"吗？还不是沦为"读书谬种"吗？

有人说，如林先生这样读书方法，简单固然简单，但是读不懂如何，而且成效如何？须知世上绝无看不懂的书，有之便是作者文笔艰涩，字句不通，不然便是读者的程度不合，见识未到。各人如能就兴味与程度相近的书选读，未有不可无师自通，或事偶有疑难，未能遽然了解，涉猎既久，自可融会贯通。试问诸位少时看《红楼梦》《水浒传》何尝有人教，何尝翻字典，你们的侄儿少辈现在看《红楼梦》《西厢记》，又何尝须要你们去教？许多人今日中文很好，都是由看小说、《史记》得来的，而且都是背着师长，偷偷摸摸硬看下去。那些书中不懂的字、不懂的句，看惯了就自然明白。学问的书也是一样，常看下去，自然会明白，遇有专门名词，一次不懂，二次不懂，三次就懂了。只怕诸位不得读书之乐，没有耐心看下去。

所以我的假定是学生会看书，肯看书，现在教育制度是假定学生不会看书，不肯看书。说学生书看不懂，在小学时可以说，在中学还可以说，但是在聪明学生，已经是一种诬蔑了。至于已进大学还要说书看不懂，这真有点不好意思吧！大约一人的脸面要紧，年纪一大，即使不能自己喂饭，也得两手捧一只饭碗硬塞到口里去，似乎不便把你们的奶妈干娘一齐都带到学校来给你们喂饭，又不便把大学教授看做你们的奶妈干娘。

至于"成效"，我的方法可以包管比现在大学的方法强。现在大学教育的成效如何，大家是很明了的。一人从六岁一直读到二十六岁大学毕业，通共读过几本书？老实说，有限得很。普通大约总不会超过四五十本以上。这还不是跟以前的秀才举人相等？从前有一位中了举人，还没听见过《公羊传》

的书名，传为笑话。现在大学毕业生就有许多近代名著未曾听过名字，即中国几种重要丛书也未曾见过。这是学堂的不是，假定你们不会看书，因此也不让你们有自由看书的机会。一天到晚，总是摇铃上课、摇铃吃饭、摇铃运动、摇铃睡觉。你想一人的精神是有限的，从八点上课一直到下午四五点，还要运动、拍球，那里还有闲工夫自由看书呢？而且凡是摇铃，都是讨厌，即使摇铃游戏，我们也有不愿意之时，何况是摇铃上课？因为学堂假定你们不会读书，不肯读书，所以把你们关在课堂，请你们静坐，用"注射""灌输"的形式，由教员将知识注射入你们的脑壳里。无如常人头颅都是不透水的，所以知识注射普遍不大成功。但是比如依我方法，假定你们是会看书、要看书，由被动式改为发动式的，给你们充分自由看书的机会，这个成效如何呢？间尝计算一下，假定上海光华、大夏或任何大学有一千名学生，每人每期交学费一百圆，这一千名学费已经合共有十万圆。将此十万圆拿去买书，由学校预备一间空屋置备书架，扣了五千圆做办公费（再多便是罪过），把这九万五千圆的书籍放在那间空屋，由你们随便胡闹去翻看，年底拈阄分配，各人拿回去九十五圆的书，只要所用的工夫与你们上课的时间相等，一年之中，你们学问的进步，必非一年上课的成绩所可比。现在这十万圆用到那里去，大概一成买书，而九成去养教授，及教授的妻子，教授的奶妈，奶妈又拿去买奶妈的马桶，这还可以说是把你们的"读书"看做一件正经事吗？

假定你们进了这十万圆书籍的图书馆，依我的方法，随兴所之去看书，成效如何呢？有人要疑心，没有教员的指导，必定是不得要领，杂乱无章，涉猎不精，不求甚解。这自然是一种极端的假定，但是成绩还是比现在大学教育好。关于指导，自可编成指导书及种种书目。如此读了两年可以抵过在大学上课四年。第一样，我们须知道读书的方法，一方面要几种精读，一方面也要尽量涉猎翻览。两年之中能大概把二十万圆的书籍，随意翻览。知其书名作者内容大概，也就不愧为一读书人了。第二样，我们要明白，学问的事，绝不是如此呆板。读书必求深入，而欲求深入，非由兴趣相近者入手不可。学问是每每互相关联的。一人找到一种有趣味的书，必定由一问题而引起其他问题，由看一本书而不得不去找关联的十几种书，如此循序渐进，自然可以升堂入室，研磨既久，门径自熟；或是发见问题，发明新义，更可触类旁通，广求博引，以证己说，如此一步一步的深入，自可成名。这是自动的读书方法，较之现在上课听讲被动的方法，如东风过耳，这里听一点，那里听一点，结果不得其门而入，一无所获，强似多多了。第三，我们要明白，大学教育的宗旨，对于毕业的期望，不过要他博览群籍而已（be a well-read man）。并不是如课中所规定，一定非逻辑八十分、心理七十五分不可；也不是说心理看了一百八十三页讲义，逻辑看了二百零三页讲义，便算完事。这种的读书，便是犯了孔子所谓"今汝画"的毛病。所谓博览群籍，无从定义，最多不过说某人"书看得不少"某人"差一点"而已，那里去定什么限制？说某人"学问不错"，也不过这么一句话而已，那里可以说某书一定非读不可；某种科目是"必修科目"。一人在两年中翻览这二十万圆的书籍，大概他对于学问的内容途径，什么名著杰作版本、笺注，总多少有一点把握了。

现在的大学教育方法如何呢？你们的读书是极端不自由，极端不负责。你们的学问不但有注册部定标准，简直可以称斤两的，这个斤两制，就是学校的所谓"七十八分""八十六分"之类，及所谓多少"单位"。试问学问之事，何得称量斤两？所谓英国史七十八分，逻辑八十六分，如何解释？一人的逻辑，怎么叫做八十六分？且若谓世界上关于英国史的知识你们百分已知道了七十八分，世上岂有那样容易的事？但依现在制度，每周三小时的科目算三单位，每周二小时的科目算二单位，这样由一方块一方块的单位，慢慢堆叠而来，叠成多少立方尺的学问，于是某人"毕业"，某人是"秀士"了。你想这笑话不笑话？须知我们何以有此大学制呢？是因为各人要拿文凭。因为要拿文凭，故不得不由注册部定一标准，评衡一下，就不得不让注册部来把你们"称一称"。你们如果不拿文凭，便无被称之必要。但是你们为什么要文凭呢？说来话长。有人因为要行孝道，拿了父母的钱，心里难过，于是下定决心，要规规矩矩安心定志读几年书，才不辜负父母一番的好意及期望。这个是不对的，与遵父母之命、媒妁之言恋爱女子一样的违背道德。这是你们私人读书享乐的事，横被家庭义务干涉，是想把真理学问孝敬你们的爸爸、妈妈、老太婆。只因真理学问，似太渺茫，所以还是拿一张文凭具体一点为是。有人因为想要得文凭学位，每月可以多得几十块钱使你们的亲卿爱卿宁馨儿舒服一点。社会对你们的父母说,你们儿子中学毕业读了三十本书,我可给他每月四五十圆,如果再下二千圆本钱再读了三十本书,大学毕业,我可给他每月八九十圆。你们父母算盘一打,说"好",于是议成,而送你们进大学,于是你们被称,拿文凭,果然每月八九十圆到手,成交易。这还不是你们被出卖吗?与读书之本旨何关,与我所说读书之乐又何关?但是你们不能怪学校给你们称斤两,因为你们要向他拿文凭,学堂为保持招牌信用起见,不能不如此。且必如此,然后公平交易,童叟无欺。处于今日大规模生产品(mass production)之时期,不能不划定商货之品类(standardization of products),学问既然成为公然交易的商品,秀士、硕士、博士既为大规模生产品之一,自然也不能不"划定"一下。其实这种以学问为交易之事,自古已然。子张学干禄;子曰:"三年学,不至于谷,未易得也。"(关于往时"生员"在社会所作的孽,可参见《亭林文集·生员论》上中下三篇。)

　　到了这个地步,读书与入学,完全是两件事了,去原意远矣。我所希望者,是诸位早日觉悟,在明知被卖之下,仍旧不忘其初,不背读书之本意,不失读书的快乐,不昧于真正读书的艺术。并希望诸位趁火打劫,虽然被卖,钱也要拿,书也要读,如此就两得其便了。

谈中西文化

　　自从朱柳二先生那夜谈劳伦斯以后，数日不曾会面。这夜，朱先生饭后无事，踏月向沧浪亭走来，有意无意的走到柳先生家门，顺便进去，也不管柳先生正在吃饭，一直走到上房。柳夫人与柳先生正在月下对饮，自然也不回避。朱先生自己拿条板凳凑上，一屁股坐下。不一会儿撤席，老王排上水果，大家且嚼且谈，甚是自在。起初大家乱扯乱谈，后来谈到英国新出一部轰动欧洲的讲中国文化之书。

　　柳：文化这个东西，谈何容易。东西文化之不同，其实都是基于生理上的。你想日耳曼族信奉耶教一千余年，这耶教是由小亚细亚传过去的，所以也有和平、谦虚、恶魔、罪孽等观念，日耳曼族名为信奉，骨子里何曾变了丝毫，还是进取冒险，探北极，制大炮，互相火并，就是因为西人身体气质不同。你看他们鼻子那末高，眼孔那末深，下巴那末挺，就晓得了。十年前也有西欧和尚来到中国，佛号叫做"照空"，我也跟他谈过话，那里有一点出家人相貌，谈起话来，就像一颗炸弹，时有爆发之势，恨不得欧人天诛地灭，当时我称他为火药菩萨。老实说，清净无为还是我们东方的玩意儿。你想一个天天探北极、赛摩托车、打破飞机纪录的民族还能做真正佛门弟子吗？西洋人要扮出清净无为的相貌，只觉得滑稽好笑罢了。

朱：想起来也好笑。西洋人到我们中国来传教，叫我们和平、忍耐、谦虚、无抵抗，这真太岂有此理了。难道世上还有比我们中国更和平忍耐的老百姓吗？

柳：我就是这么说。中国文化就是有什么好处，西洋人也是学不来的。西洋的个人主义，不在于他们的书上，而在于他们的骨子里头。你看看西洋女子之刚强独立，跟中国女子之小鸟依人一比就明白了。你再看中装与西装之别：舒服温暖，西装不如我；而间架整齐，中装不如西装。其实西方也何尝无舒服温暖的衣服，你看他们在家穿的 dressing gown 及 slippers（便服软鞋）何尝不跟中装一样，只是我们中国同胞经过几千年的叩头请安，骨子都软了，所以在家在外都穿他们的"便服"及"拖鞋"罢了。他们祖宗在我们明代还在出入绿林，骑马试剑，到现在胸部臂上还有茸茸的红毛，让他们再文明了二千年，你且看看他们要不要在家在外都穿起长袍软鞋。西妇嘴上常有一撮胡须，中国女子就少有。中国女子有"白板"，西洋就没见过这名词。中国女子皮肤比西洋女子嫩，就是因为二千年的深守闺中，难得出汗，所以毛孔也细起来了。凡此种种都足见中西体格气质上之不同。再加上中国的政治制度，不容人多管闲事，中国社会制度，不容人太出风头，即使生下来有一点英灵之气，都被这种社会压完了，大家俯就常局，八面玲珑，混过一生，了此公案，怎么不叫聪明的人都明哲保身，假装糊涂呢？如果有什么真正英雄豪杰，必不容于家庭，不容于社会，一驱之于市井，再驱之于绿林，剩下一些孝子顺民大家争看武侠小说过瘾罢了。再加上家庭制度把你的个性先消灭，而美其名曰"百忍"，于是子忍其父，媳忍其姑，姊忍其弟，弟忍其兄，妯娌忍其妯娌，成一个五代同堂的团圆局面，你说怎么不叫中国人的脸庞也都圆了起来？你想社会制度如此不同，他们来讲我们的文化有什么用处？

朱：吾兄所言诚是。我想处世哲学社会制度终归东西不同。但是西方主动，东方主静；西方主取，东方主守；西方主格物致知之理，东方主安心立身之道；互相调和，未尝无用。世事如此纠纷，西人一天打、打、打。照道理，学所以为人，并非人所以为学，以人为一切学问的中心，这是中国文明之特征，人生在世不满百，到头来盘算一下，真正叫我们受用的，还不是饮食男女，家庭之乐，朋友之快，心地清净，不欠债，及冬天早晨得一碗热粥、一碟萝卜干求一温饱吗？常人谈文化总是贪高骛远，搬弄名词、空空洞洞、不着边际，如此是谈不到人生的，谈不到人生便也谈不到文化。这样一来就有点像盲人骑瞎马了。我最佩服一句孔夫子的话，叫做"道不远人，人以为道而远人，不可以为道"，这是真正东方思想的本色。这样一讲，把东西文化都放在人生的天秤上一称，才稍有凭准。

柳：就是因为这个缘故，大半谈东西文化的人，都不得要领，打不出这个圈套。其实这也不限于做文章的人。处在今日世界，无论男女老幼贤不肖，那一个不在天天作中西文物的比较。比方你穿的是卫生衣，还是中国短衫，造的是洋楼，还是中国园宅，此中已含有中西文物的比较了。文化范围太大，此刻也不讲中外处世哲学、文学、美术之不同，只讲常人对此种问题的态度。常人是不肯看到底的，不肯渗透道理的，总是趋新骛奇，赶时行、赶热闹。讲到我国的文物，不外"虚张声势"与"舍己耘人"两路，这两条路正是外强中干的正反两面。忽然耻中衣，耻中食，说必洋话，住必洋楼，穿必洋服，行必洋路，过一会儿又是什么孔孟尧舜、仁义礼智，连不知有无之大禹也要搬出来崇奉。这是近来国弱，国人神经失了常态，故郁成这"忧郁狂"及"夸大狂"出来。你想单讲礼貌一端，还有什么值得自吹自擂。中国社会是世界最无礼的社会。你只消一坐电车，一买戏票，一走弄堂，便心下明白，在中国人之心理中，路人皆仇敌，还配跟人家比什么礼貌吗？要复什么礼？你坐电车，看是洋人司车有礼，还是中国司车有礼？你到公司买物，看是外国伙计有礼，还是中国伙计有礼？然而大家都在糊涂复古。不具批评眼光，所以吹也是乱吹，骂也是乱骂。

柳夫人：可不是吗？中国人口里尽管复古，心里头恨不得制一条陀罗尼经被，把中国这个古棺一齐掩盖起来，别让洋人看见我们的老百姓，只剩下几个留学生带狗领、说洋话、同外人拉手，才叫做爱国呢！

朱：你也未免忒刻薄了。不过事实确是如此。十几年前，为丹麦皇太子要来游京，因为中山路两旁有穷人茅屋，还发生星夜拆民房的事呢！

柳夫人：这种事情还多着。那时代的人也太笑话了。记得有一要人也曾提议，以京沪一带为洋人常游之地，应将沪宁铁路两旁的茅屋用篱笆遮围起来，才不碍观瞻。他们总是怕中国老百姓替他们出丑，必要叫穷民人人拿一条白手绢，穿皮靴，像他们同洋人跳舞，才叫做替中国争脸。其实他们一辈人也不曾替中国争到什么脸，我们老百姓也不曾给中国出过什么丑。

柳：这就是我刚才所说，东西文化之批评不限于文章而见于我们日常生活的态度。这班带狗领的外交跳舞家心目中也自有其所谓"文明"，此"文明"二字含义实与"抽水马桶"相近，甚至无别，因为中国老百姓没有他们的抽水马桶，所以中国老百姓是"野蛮"。至于老百姓日出而作，日入而息，披星戴月、晨露沾衣的种田，不能叫做"文明"。我刚才讲中国人不是中了"忧郁狂"，便是犯"夸大狂"，这都是因为国弱，失了自信心所致。这种专学洋人皮毛的态度，那里配讲中西文化？说也好笑，中国腐儒的古玩，常被此辈人抬出来当宝贝，而中国文化足与西洋媲美的文物，如书画、建筑、诗文等，反自暴自弃。他们开口尧舜，闭口孔孟，不必说孔子为何如人，彼辈且不认识，就说认识，也何足代表中国文物之精华。你想想，假如中国文明也如希腊文化一般的昙花一现到周末灭亡,除了几本处世格言及几首国风民歌以外,有什么可以贡献于世界? 孔孟时人大半还是土房、土屋,席地而坐,中国如果到周末灭亡,那里有魏晋的书法、唐人之诗、宋人之词、元人之曲、明清之小说? 那里有羲之之帖、李杜之诗、易安之词、东坡之文、襄阳之画? 那里有《拜月亭》《西厢记》《牡丹亭》《水浒传》《红楼梦》? 又那里有云冈石刻、活字版、磁器、漆器、宫殿园林? 现代中国人尊其所不当尊,弃其所不当弃,国立美术专门学校不教中国画,建筑工程师不会造中国宅,文人把李白、杜甫看得不值半文钱,难道这还算中西文化的批评吗? 其实国人心理都已变成狂态。先自心里不快,眼见社会政治不如人,生了 inferiority complex,真正迂腐之处,无勇气改革,文化为何物,又不知所谓,于是一面虚张声势,自号精神文明,一面称颂西方物质文明。其实物质文明,吃穿居住享用,还是咱们黄帝子孙内行。这且不去管他,我告诉你个笑话:民国二十二年有法国作家,记不清什么名字,游历来华,偶然称颂东方女子身材之袅娜,态度之安详,说是在西方女子之上。这话是诚意的,我也不知听过外人说多少次,殊不知中国女子那敢自信,自然把那位法国作家的话当做讽刺,大兴问罪之师,还闹得不亦乐乎。

　　柳夫人:他们正在恨不能投胎白种父母,生来红毛碧眼,一对大奶头、大屁股,走起路来,摇摇摆摆,哭笑起来,胸部起伏膨胀,像 Mae West 一样呢。总而言之,今日中国碰着倒霉时候,说来说去是海军的不是。什么时候中国造得几座无畏舰,去轰击伦敦、大阪,中国女子也就美起来,中国点心也就好吃了。

柳：我所要指明的就是这一点。世上道理原来差不多，只怕常人不肯看到底，看到底处，中外都是一样的。中外女装都是打扮给男人看的，等于雄鸡、雄孔雀的羽毛是打扮给母鸡、母孔雀看的。这样一来，不又是天地生育的一桩寻常道理，那里有什么高下？西洋人也是人，中国人也是人。中国夫妇吵架，西洋夫妇也吵架，中国女人好谈闲话，西洋女人也一样好说闲话，中国女人管饭菜，西洋女人也把烹饪术叫做 the way to reach a man's heart。你常看电影就明白了。烹饪如此，诗文也何尝不如此？记得民国二十四年，中国戏剧、诗文在外国大出风头。梅兰芳受聘游俄演艺，刘海粟在欧洲开现代中国艺展，熊式一把《红鬃烈马》译成英文，在伦敦演了三个多月，博得一般人士之称赏。在上海又有德人以德文唱演《牡丹亭》，白克夫人又把《水浒传》译成英文，牛津某批评家竟称施耐庵与荷马同一流品。德人也译《金瓶梅》，称为杰作。我读了英人《红鬃烈马》的序文，说他读到"赏雪"（enjoy the snow）二字就恍惚着了迷，说雪可以赏，又可开宴来赏，这真是中国人的特色了。然而中国人却莫名其妙。若说是假捧场的，那末戏一演三个多月，又非作假得来，若说是真的，到底中国戏、中国画好在那里，又说不出，总觉得杯弓蛇影，稀奇古怪，狐疑起来。

柳夫人：你也别多怪，现代左派青年是不看《西厢记》《牡丹亭》的，你怪他作甚？至于杜甫、李白，他们真看不在眼内。他们只认为宣传是文学，文学是宣传，顶好是专做白话长短句，里头多来喊几声"高尔基万岁"才叫做好诗呢！

柳：据我看来，还是书没有读通所致。西洋文学固然也有胜过中文之处，但是西洋文学一读死了，中国文学也就懵懂起来。他们读过几本西洋戏剧，便斤斤以为西洋戏剧就是天经地义，凡与不同者，都不能算为戏剧。譬如讲戏剧结构之谨严，剧情之紧凑，自然《牡丹亭》不及《少奶奶的扇子》，或《傀儡家庭》。但是必执此以例彼，便是执一不通。《牡丹亭》本来不是一夜演完的。西洋戏剧以剧情转折及会话为主，中国戏剧以诗及音乐为主，中国戏剧只可说是 opera（歌剧），不是 drama，以戏剧论歌剧自然牛头不对马嘴。你看中国人演剧常演几出，就跟西洋音乐会唱 operatic selections 相同。戏剧多少是感人理智的，歌剧却是以声色乐舞合奏动人官感的。如把这一层看清，也就不至于徒自菲薄。要在中国发展新文学新戏剧是可以的，但是对于旧体裁也得认清才行。又如小说，那里有什么一定标准，凡是人物描写得生动，故事讲得好听，便是好小说。我曾听中国思想大家说《红楼梦》不及陀思妥耶夫斯基，心里真不服，恐怕还是这一派食洋不化，执一拘泥的见解吧。其实我们读西洋文学，喘着气赶学他们的皮毛，西洋人却没有这样拘泥执一，时时发展，无论传记、长短篇小说，都是这样变动，试验。因这一点自由批评的精神，所以他们看得出中国诗文的好处，而我们反自己看不见，弃如敝屣了。

柳夫人：你发了这一套牢骚，喉咙怕干了吧？

柳夫人立起，倒一碗茶给柳先生喝。又要倒一碗给朱先生，却见朱先生已经鼾鼾入梦了。他们举头一看，明月刚又步出云头。柳夫人轻轻的拿一条洋毡把朱先生露在椅上的脚腿盖上。

（《人间世》第 26 期，1935 年 4 月 20 日）

论谈话

    "与君一夕谈，胜读十年书。"——这是一个中国学者和他的朋友谈话之后所说的话。这确是一句真话。"一夕谈"现已成为流行的词语，表示一个人曾经和朋友畅谈一晚，或将来要和朋友畅谈一晚。中国有两三本叫做《一夕谈》或《山中一夕谈》，和英国的《周末杂文集》（*Weekend omnibus*）相同。这种和朋友夜谈的无上快乐自然是很难得的。因为李笠翁曾经说过，智者多数不知如何说话，说话者多数不是智者。因此，在山上的庙宇里发见一个真正了解人生，同时懂得谈话的艺术的人，一定是人生一种最大的快乐，像天文学家发见一颗新行星，或植物学家发见一种新植物一样。

    人们今日在叹惜炉边或木桶上的谈话艺术已经失掉了，因为目前商业生活的速度太高了。我相信这种速度颇有关系，可是我同时也相信把家庭变成一个没有壁炉的公寓，便无异在开始破坏谈话的艺术，此外，汽车的影响更把这种艺术破坏无遗。那种速度是完全不对的，因为谈话只有在一个浸染着悠闲的精神的社会中才能存在；这种悠闲的精神是包含着安逸、幽默和语气深浅程度的体味的。因为说话和谈话之间确有差异之处。在中国语言中，说话和谈话是不同的，谈话指一种较多言、较闲逸的会谈，同时所说的题目也比较琐碎，比较和生意经无关。商人函件和名士尺牍之间也可以看出同样的差别。我们可以和任何人谈论生意经，可是真正可以和我们作一夕谈的人却非常之少。因此，当我们找到一个真正可谈话的人，其快乐是和阅读一个有风趣的作家的著作相同（如果不是更大的话），而且此外还有听见对方的声音，看见对方的姿态的快感。当我们和老友欣然重聚的时候，或和同伴在夜车的吸烟室或异地的客栈里畅叙往事的时候，我们有时可以找到这种快乐。大家谈到鬼怪和狐精，杂着一些关于独裁者和卖国贼的有趣的轶事和激昂的评论，有时在不知不觉之中，一个有智慧的观察者和健谈者提起了某国所发生的事情，预言一个政权的倾覆或改变。这种谈话使我们一生念念不忘。

谈话当然以夜间为最好，白天总觉得乏味。说话的地方在我看来是毫不重要的。我们无论是在一间十八世纪法国女士的沙龙中，或于午后坐在田园中的木桶上，都可以畅谈文学和哲学。或是在风雨之夕，我们在江舟上旅行，对岸船上的灯光反射于水上，舟子有益我们叙述慈禧幼时的轶事。老实说，谈话的妙处乃是在环境次次不同，时地人物次次不同。关于这种谈话，我们有时记得是在月明风清、庭桂芬馥的夜间，有时记得在风雨晦冥、炉火融融的时候，有时记得是坐在亭上，眺望江舟顺流下驶，也许看见一舟在急流之中倾覆了，有时又记得是午夜以后坐在车站的候车室里。这些景象和那几次的谈话联系起来，在我们的记忆中永不磨灭。房中也许有二三人，或五六人；或那夜老陈有点醉意，或那次老金有点伤风，鼻音特重，这使那晚的谈话更有风趣。人生"月不常圆，花不常好，好友不常逢"，我们享享这种清福，我想必非神明所忌。

大概谈话佳者都和美妙的小品文一样，无论在格调方面或内容方面，谈话都和小品文一样。狐精、苍蝇、英人古怪的脾气、东西文化之不同、塞因河畔的书摊、风流的小裁缝、我们的统治者、政治家和将军的轶事、佛手的保藏法——这些都是谈话的适当题目。谈话和小品文最雷同之点是在其格调之闲适。无论题目是多么严重、多么重要，牵涉到祖国的惨变和动乱，或文明在疯狂政治思想的洪流中的毁灭，使人类失掉了自由、尊严，和甚至于幸福的目标，或甚至于牵涉到真理和正义的重要问题，这种观念依然是可以用一种不经意的、悠闲的、亲切的态度表示出来。因为在文化中，我们无论多么愤慨，对于剥夺我们自由的强盗无论多么恨恶，我们也只能以唇边的微笑来表示我们的情感，或由笔端来传达我们的情感。我们真有慷慨激昂、情感洋溢的议论，也只让几个好友听见而已。因此，真正谈话的必要条件是：我们能够在一个房间里悠闲而亲切的空气中表示我们的意见，身边只有几个好友，没有碍目之人。

　　我们拿一篇美妙的小品文和政治家的言论来对比，便可以看出这种真正的谈话和其他交换意见的客套商议之差别。政治家的言论里虽则表现了许多更崇高的情感，民主主义的情感，服务的欲望，对于穷者福利的关系，对国家的忠诚，崇高的理想，和平的爱好，及国际永久友谊的保证，同时又完全没有提到贪求名利权势的事情；然而，那种言论有一种气息，使人敬而远之，像一个衣服穿得过多或脂粉涂得过厚的女人。在另一方面，当我们听到一番真正的谈话或读到一篇美妙的小品文时，我们却如看见一个衣饰淡抹素服的村女，在江干洗衣，头发微乱，一纽不扣，但反觉得可亲可爱。这就是西洋女子亵衣(negligee)所注重的那种亲切的吸引力和"讲究的随便"（ studied negligence ）。一切美妙的谈话和美妙的小品必须含着一部分这种亲切的吸引。

　　所以，谈话的适当格调就是亲切和漫不经心的格调。在这种谈话中，参加者已经失掉他们的自觉，完全忘掉他们穿什么衣服，怎样说话，怎样打喷嚏，把双手放在什么地方，同时也不注意谈话的趋向如何。谈话应是遇见知己，开畅胸怀，有一人两脚高置桌上，一人坐在窗槛上，又一人则坐在地板上，由沙发上拿去一个垫子做坐垫，使三分之一的沙发空着。因为只有当你的手足松弛着，身体的位置很舒服的时候，你的心灵才能够轻松闲适。到这个时候：

　　　　对面只有知心友，
　　　　两旁俱无碍目人。

　　这是谈话的绝对必要条件。话既无所不说，结果愈谈愈远，毫无次序，毫无收束，尽欢而散。悠闲与谈话之间的联系是这样的，谈话与散文的勃兴之间的联系也是这样的，所以，我相信一国最精练的散文是在谈话成为高尚艺术的时候才生出来的。在中国和希腊的散文的发展上，这一点最为明显。在孔子以后的年代里，中国人的思想很有活力，结果产生了所谓"九流"，这是由于当时已经有一种文化背景，在社会上有一派以谈话为业务的学者。为证明我的理论起见，我们可举出五个富有的贵族，他们均以慷慨、侠义、好客著称。他们都有几千的食客，例如齐国之孟尝君有食客三千人，穿着"珠履"，住在他的家里吃饭。在这些家里，我们可以料想得到谈话是多么嘈杂热闹的。我们由《列子》《淮南子》《战国策》和《吕览》这些书里，可以晓得当时学者的谈话内容。后者一书据说是吕不韦的宾客所写，而以吕氏的名字出版的（和十六、十七世纪英国作家的"保护者"Patrons 一样），这部书里已经有着一些关于丰富的生活的观念，认为一个人最好可以过丰富的生活，否则还不如不生活之为愈。除此之外，社会上产生了一派聪明的巧辩家和专门的说客，他们受着各交战国的聘请，做外交官到外国去游说，使危机不至发生，劝敌军撤退，使危城得以解围，或缔结同盟条约。这些职业的巧辩家往往以他们的机智、聪明的譬喻和劝说的能力著称。这些巧辩家的谈话或聪明的辩论都记载在《战国策》一书里。这种自由而诙谐的谈话的空气产生了一些最伟大的哲学家：杨朱，以其玩世主义著称；韩非子，以其现实主义（和义大利十五世纪的大政论家马基雅弗利 Machiavelli 的理论颇为相同，不过比较温和）著称；大外交家晏子，以其机智著称。

纪元前三世纪末叶的文化社会情形，大概由"李园纳媚"一段，稍稍可以看出。李园将其女弟介绍给楚相春申君，又由春申君介绍于楚王，大得楚王的爱宠，后来楚国之被秦始皇所灭亡，与此事颇有关系。

> 昔者楚考烈王相春申君吏李园。园女弟女环谓园曰："我闻王老无嗣，可见我与春申君，我欲假于春申君，我得见春申君，径得见王矣！"园曰："春申君贵人也，千里之佐，吾何敢托言？"女环曰："既不见我，汝求谒于春申君才人，告有远道客，请归待之。彼必问汝，汝家何等远道客者。因对曰：'园有女弟，鲁相闻之，使使者求之园。'才人使告园者。彼必问汝，'女弟何能？'对曰：'鼓琴读书通一经。'故彼必见我。"
>
> 园曰："诺。"明日辞春申君："才人有远道客，请归待之。"春申君果问："汝家何等远道客？"对曰："园有女弟，鲁相闻之，使使求之。"春申君曰："何能？"对曰："能鼓琴读书通一经。"春申君曰："可得见乎？明日使待于离亭。"园曰："诺。"既归，告女环曰："吾辞于春申君，许我明日夕待于离亭。"女环曰："园宜先供待之。"
>
> 春申君到，园驰人呼女环，女至，大纵酒。女环鼓琴，曲未终，春申君大悦，留宿……

　　这种有教养的女子和有闲的学者的社会背景，结果造成了中国散文第一次的重要发展。有女子能谈话、能鼓琴、能读书，的确是男女交际谈话的风度。这无疑地有点贵族气，因为楚相春申君是不易见到的，然而有女子能鼓琴读书通一经，却非见不可，这便是中国古代巧辩家和哲学家所过着的有闲生活。这些古代中国哲学家的书籍不外是这些哲学家闲谈的结果。

　　有闲的社会，才会产生谈话的艺术，这是很明显的；谈话的艺术产生，才有好的小品文，这也是一样明显的。大概谈话的艺术与小品文，在人类历史上都比较晚出，这是因为人类之心灵必须有相当的技巧，而这种技巧只有在有闲的生活里才能够产生。我知道今日享受有闲的生活或属于可恶的有闲阶级，可是我相信真正的共产主义及社会主义，都是希望大家都能够有闲，或有闲能够普通。所以有闲并不是罪恶，善用其闲，人类文化可发达，谈话乃其一端。商人终日孳孳为利，晚膳之后，熟睡如牛，是不会有益文化的。

　　"闲"有时是迫出来，而不是自己去求的；有许多文学佳作是在监牢中产生出来的。当我们看见一个很有希望的文学天才，耗费精力于无益的社会集会或当前政治论文的撰作时，最好的办法是把他关在监牢里。须知文王的《周易》和司马迁的杰作《史记》，都是在监牢里写出来的。有时文人落第不得志，乃寄幽愤于文章，产生了伟大的文学作品或艺术品。元代有那末伟大的画家和戏曲家，清初有石涛和八大山人那末伟大的画家，原因便在这里。他们在异族的统治下感到无上的耻辱，这种感觉鼓起了他们的爱国心，使他们专心致志于艺术和学问。石涛无疑地是中国过去所产生的最伟大的画家，他在西洋之所以不大著名，乃是因为满清的皇帝不愿使这些不同情清朝政府的艺术家得到应得的功名。其他落第的伟大作家开始把他们的精力升华起来，朝着创作之路走去，因此施耐庵和蒲留仙能够写出《水浒》和《聊斋》来。

《水浒传序》虽未必出自施手，然其言朋友过谈之乐，实在太好了。其文曰：

> 吾友毕来，当得十有六人。然而毕来之日为少，非甚风雨而尽不来之日亦少；大率日以六七人来为常矣。吾友来，亦不便饮酒；欲饮则饮，欲止则止。各随其心，不以酒为乐，以谈为乐也。吾友谈不及朝廷，非但安分，亦以路遥传闻为多，传闻之言无实，无实即唐丧啒津矣。亦不及人过失者。天下之人本无过失，不应吾诋诬之也。所发之言，不求惊人，人亦不惊；未尝不欲人解，而人卒亦不能解者。事在性情之际，世人多忙，未曾常闻也。

施耐庵的伟大作品都是在这种格调和情感之下产生出来的，而这种格调和情感乃是有闲的生活所造成的。

希腊散文也是在这种有闲的社会背景下勃兴的。希腊人思想那样细腻，文章那样明畅，都是得力于有闲的谈话。柏拉图之书名《对话录》(*Dialogue*)可为明证。《宴席》(*Banquet*)一篇所写的全是谈话，全篇充满了席上文士、歌姬、舞女和酒菜的味道。这种人因为善谈，所以文章非常的可爱，思想非常的清顺，绝无现代廊庙文学的华丽萎靡之弊。这些希腊人显然知道怎样运用哲学的题目，比如"Phaedrus"一开题便描写希腊哲学家的可爱的谈话环境。他们的好谈，及他们对畅谈和选择谈话环境的重视，这使我们明白希腊散文勃兴的情形。

　　柏拉图的《共和国》也不像一些现代作家那样，一开头便用"人类文化之发展过程，乃是一种由庞杂而至纯一的动力运动"一类的迂阔之辞。它所用的乃是这么闲适的一句话："我昨天同格老根（Glauco）亚里斯多（Aristo）的儿子，到比雷斯（Piraeus）去向女神祈祷，同时顺便去看看第一次举行的庙会的光景。"中国古代哲学家那种非常活跃而有力的思想，我们也可在希腊的社会中找到；比方在《宴席》中，他们所谈的是："写悲剧的伟大作家应不应该也成为写喜剧的伟大作家"等问题，但是席上是庄谐杂陈，名士时或笑谑苏格拉底的饮量，苏格拉底可以饮，可以不饮，兴则自斟，也不管他人饮否。这样一讲讲到天亮，苏格拉底还是健谈如故，但人人睡去了，只剩三两人，可是不久喜剧家亚理斯多芬（Aristophanes）也打盹，跟着亚迦通（Agathon）也入睡乡。苏格拉底没法，只好独自出来，到兰心花园（Lyceum）洗个澡，那天照样精神不倦的过去。希腊哲学就是在这种畅谈的环境中产生出来的。

　　在风雅的谈话中，我们需要女人供给一些必要的琐碎材料，因为琐碎的材料是谈话的灵魂。如果没有琐碎的轻快成分，谈话一定立刻变得滞重乏味，而哲学也变成脱离人生的愚蠢学问。无论在那个国家时代里，当社会有一种认识生活艺术的文化时，社会集会中往往产生一种欢迎女子的风气。伯利克利斯（Pericles）时代的雅典是这样的，十八世纪法国沙龙的情形也是这样的。甚至在中国男女社交不公开的环境中，中国的男学者也在要求女人参加他们的谈话。在晋、宋、明三朝中，谈话的艺术很发达，谈话成为一种风气，于是也就有了才女，如谢道韫、朝云、柳如是诸人。中国人与妻尽管举案齐眉，以礼相守，但是要求才女的心，终未消灭。中国文学史和歌女的生活关系颇深，人们要求风雅的女子参加谈话，乃是一种普遍的要求。我曾碰到一些健谈的德国女子，可以同你由下午五点钟一直谈到晚上十一点钟；我也曾碰到一些英国和美国的女子，对经济学甚为熟识，使我惊奇不已，因为我对这个科目永无研究的勇气。可是据我看来，纵使周遭没有女子可以和我辩论马克思和恩格斯（Engels），只要有几个女子露着沉思的可爱态度在倾耳静听，谈话也可以风趣盎然。我往往觉得这是比和呆头呆脑的男人谈话更有乐趣的。

（《人间世》第 2 期，1934 年 4 月 20 日）